AW

Babylon! – *Komödie* Absalon und Bischof erzählen sich in einer geschlossenen Anstalt Geschichten über den Krieg, über die Manipulation staatlicher Fördergelder, über die Schwierigkeiten, ein Haus zu vermieten, über den ganz normalen Wahnsinn des Lebens. Sie fantasieren über die wüsten Zustände in Großbritannien und den Traum, in unserer hochtechnisierten Welt einen Freund zu finden. Und sie kommen zu dem Schluss: Jeder sollte einen Freund aus einem fremden Land haben. Dann ginge es der Welt und den Menschen besser.

Callas – Ein Spiel Was ist Egoismus? Und was ist Größe? Was ist Unterwürfigkeit? Was Aufopferung und was Gerechtigkeit? Adelhard Winzer versucht in diesem Stück eine Antwort zu finden auf die ungelösten Fragen des Lebens. In der Scheinwelt genauso wie in der Realität und der Kunst in unserer Zeit.

Adelhard Winzer, geboren in Karlshuld, Donaumoos, lebt heute im Chiemgau. Erlernte das Bäckerhandwerk. Spielte mit sechzehn in der ersten Band. War Discjockey und als Berufsmusiker in Deutschland, Österreich und der Schweiz unterwegs. Veröffentlichte ein Kinderbuch. Arbeitete in einer Großbank. Wurde zur Lesung in den Grünen Salon der Volksbühne Berlin eingeladen. Belegte den dritten Platz beim Fränkischen Kurzgeschichtenpreis. Widmete sich, nach dem Eintritt ins Pensionsalter, endgültig dem Schreiben und Zeichnen.

ADELHARD WINZER
BABYLON!
CALLAS
Zwei Stücke

Bibliografische Information der
Deutschen Nationalbibliothek: Die Deutsche
Nationalbibliothek verzeichnet diese Publikation
in der Deutschen Nationalbibliografie. Detaillierte
bibliografische Daten sind im Internet über
http://dnb.dnb.de abrufbar.

Herstellung und Verlag:
BoD – Books on Demand, Norderstedt
Umschlaggestaltung:
Adelhard Winzer

ISBN 9783-754312605

Inhalt

Babylon!

Zwei Akte

Personen

BISCHOF
ABSALON

Absalon und Bischof erzählen sich in einer geschlossenen Anstalt Geschichten über den Krieg, über die Manipulation staatlicher Fördergelder, über die Schwierigkeiten, ein Haus zu vermieten, über den ganz normalen Wahnsinn des Lebens. Sie fantasieren über die wüsten Zustände in Großbritannien und den Traum, in unserer hochtechnisierten Welt einen Freund zu finden. Und sie kommen zu dem Schluss: Jeder sollte einen Freund aus einem fremden Land haben. Dann ginge es der Welt und den Menschen besser.

Erster Akt

*Während die Zuschauer ihre Plätze einnehmen,
ist ein Ausschnitt aus dem Prelude der Cellosuite
Nummer 1, BWV 1007 zu hören. Die Protagonisten
sitzen bereits auf der Bühne. Ein spärlich einge-
richtetes Zimmer. Ein Tisch und zwei Stühle. Im
Hintergrund eine Tür. BISCHOF, groß und in
voller Montur, dreht wiederholt an seinem Ring.
ABSALON, klein, schmächtig, kurzer Haarschnitt,
weiß gekleidet und in Sandalen, hat vor sich auf
dem Tisch ein großes Buch, in das er sporadisch
zeichnet und schreibt. Alles ist offen, alles ist frei,
allein Absalons Kittel erinnert an eine Heilanstalt.
Das Licht im Saal geht nicht aus.*

ABSALON Weißt du, dass wir eine neue Küche
kriegen?

BISCHOF Obwohl ich immer sage, eine Küche
brauchen wir nicht.

ABSALON Ich brauche sie schon. Weil meine
Frau kocht gut und gerne für mich!

Kurze Pause.

BISCHOF Alle haben eine große Küche, nur bei
uns muss jede Ecke ausgenutzt werden. Die
Schwenktüren und Schubläden, in denen alles
verschwindet, die sind schon praktisch.

Kurze Pause.

ABSALON *grinst* Erinnerst du dich noch an das Essen beim Barras?

BISCHOF Barras?

ABSALON *zweifelnd* Warst du überhaupt dabei?

BISCHOF *in lautem Kasernenhofton* Kompanie – Stillgestanden!

Kurze Pause.

BISCHOF *verächtlich* Barras, hör mir bloß auf.

ABSALON Längst vorbei, mein Bischof.

BISCHOF Ich habe erst nachher den Kriegsdienst verweigert.

Kurze Pause.

BISCHOF Ein Hauptmann mit Armprothese hat damals die Untersuchung geführt. Dem ist kein Lächeln ausgekommen.

Kurze Pause.

BISCHOF Zum Beispiel hat er gefragt: Sie gehen mit der Oma im Wald spazieren. Kommt einer mit einem Gewehr daher – was machen Sie?

Kurze Pause.

ABSALON *lachend* Ich erschieße die Oma!

Kurze Pause.

BISCHOF *streng* Ach so, Sie haben ein Gewehr?!

Kurze Pause.

BISCHOF Also können Sie auch töten.

Kurze Pause.

BISCHOF Wenn Sie töten können, können Sie auch zum Militär!

Kurze Pause.

BISCHOF ABGELEHNT!

Kurze Pause.

ABSALON Jawohl!

BISCHOF Ich weiß gar nicht mehr, was ich darauf geantwortet habe.

Kurze Pause.

ABSALON Depperte Fragen! Ich hab das zufällig

12

mitgekriegt von einem aus unserer Truppe, der auch verweigert hat.

BISCHOF Warst du vielleicht Berufssoldat?

ABSALON *distanziert* Nein, ich war auf See!

BISCHOF Wie lange?

ABSALON Ein halbes Jahr Grundausbildung, ein Jahr Marine.

BISCHOF Und als was haben sie dich entlassen?

ABSALON Erst war ich Matrose, dann Gefreiter. Entlassen wurde ich als Hauptgefreiter.

Kurze Pause.

ABSALON Ich hätte aber –

Kurze Pause.

BISCHOF Was hättest du?

Kurze Pause.

ABSALON Aufgrund der Schulung hätte ich Leutnant werden können, habe es aber abgelehnt.

BISCHOF Und immer auf dem Schiff?

13

ABSALON Klar!

BISCHOF Wie hast du dich denn da gefühlt?

ABSALON SCHEISSE!

BISCHOF Das kann ich mir denken.

Kurze Pause.

BISCHOF Nie an Land.

Kurze Pause.

BISCHOF *grinst* Und keine Frauen?

Kurze Pause.

ABSALON Natürlich waren wir auch mal an Land.

Kurze Pause.

ABSALON Wir hatten auch Frauen, aber so einfach war das nicht.

Kurze Pause.

BISCHOF Das glaube ich dir, dass es hart war, so eng aufeinander. Nein, darum beneide ich dich nicht!

Kurze Pause.

ABSALON Es gab auch einen Selbstmord.

Kurze Pause.

BISCHOF Mann über Bord, oder?

ABSALON *kopfschüttelnd* Ein Schuss weniger, wer merkt das schon.

BISCHOF Wurden denn die Patronen nicht gezählt?

ABSALON Keine Ahnung.

BISCHOF Ah, wie ich sie gehasst habe, diese Schießübungen. Es gab ja so geile Jungfüchse: Ich möchte auch mal mit der MP schießen, Herr Unteroffizier, darf ich mal? Der hat sie natürlich schießen lassen, so Kerle brauchten die ja.

Kurze Pause.

BISCHOF Und die Waffenreinigung. Mein Gott, wie war ich froh, wenn die Kirche mal wieder angerufen hat und ich rauskam aus der Kaserne.

ABSALON Mit welcher Begründung?

BISCHOF Die haben angerufen beim Kompaniechef, kein Problem. Da hat es nur geheißen: Wir brauchen ihn zum Orgelspielen!

ABSALON Aha!?

BISCHOF Als ich fertig war, hab ich von den Typen, die das alles wieder aufleben lassen wollten, ständig Einladungen erhalten: Großes Kameradschaftstreffen der Kompanie! Aber ich hab nur gesagt: Keine Zeit, ich muss die Orgel spielen. Auch wenn es nicht stimmte.

Kurze Pause.

ABSALON Ich war ein Jahr auf dem Schiff. Das hat mir gereicht. Wir waren in einem kleinen Raum untergebracht. Wenn du da nicht funktioniert hast, gab es gleich eine auf den Deckel. Wie mir scheint, bist du aber ganz gut weggekommen?

Bischof geht nicht darauf ein.

ABSALON *befehlend* Zeig mir mal deine Hand.

Bischof zeigt seine Hand.

ABSALON Schau, ein Knorpel!

Bischof zieht die Hand zurück.

ABSALON Streck sie aus!

BISCHOF Wieso, stimmt was nicht?

ABSALON *öffnet Bischofs Hand* Siehst du die Sehne?

BISCHOF *mit geschlossenen Augen* Ich sehe nichts!

ABSALON Hier, noch ein Knorpel.

BISCHOF *die Augen öffnend* Tatsächlich!

ABSALON Weißt du, woher das kommt –

Kurze Pause.

ABSALON VOM LÜGEN!

Kurze Pause.

BISCHOF *abwehrend* Was hätte ich denn machen sollen? Ich wollte mich nicht mehr mit diesen Kriegstreibern treffen. Notlügen waren das, nichts als Notlügen!

ABSALON Finden diese Treffen immer noch statt?

BISCHOF Alle Jahre wieder.

ABSALON Dann weißt du, woher du die Knorpel

hast!

Bischof steht auf, geht im Kreis.

Absalon beobachtet ihn.

Bischof bleibt stehen.

BISCHOF *laut* Ihr könnt mich alle mal!

ABSALON Was?!

Bischof holt eine Landkarte aus der Tisch-schublade, breitet sie auf dem Boden aus.

ABSALON Was machst du?

BISCHOF Ich?

ABSALON *belustigt* Wer denn sonst?!

BISCHOF Ich plane eine Reise.

ABSALON *flüchtig die Karte betrachtend* Aah – Palästina?

BISCHOF Um Gottes willen, nein!

ABSALON Wohin dann?

BISCHOF Nach Indien.

ABSALON *abwertend* Indien, ich glaube, dafür könnte ich mich nicht begeistern. Nicht aus Angst, nein, es würde mich einfach nicht interessieren.

BISCHOF Es ist gar nicht so weit, wie du vielleicht denkst. Sieben, acht Stunden im Flugzeug, mehr nicht.

Kurze Pause.

BISCHOF Ich war schon zwei Mal dort.

Kurze Pause.

BISCHOF Ein tolles Land!

Kurze Pause.

ABSALON Ich erinnere mich. Du hast einmal gesagt, dass es die einfachen Leute sind, die dich interessieren?

BISCHOF Ja, das auch.

Kurze Pause.

ABSALON Dazu fällt mir ein italienisches Dorf ein, in dem ich ein paar Monate gelebt habe.

Kurze Pause.

ABSALON Abends saß ich im Büro, während draußen vor den Häusern sich die Leute unterhalten haben.

Kurze Pause.

ABSALON Die Gespräche erinnerten mich an meine Kinderzeit auf dem Bauernhof.

Kurze Pause.

ABSALON Der Knecht hat sich lautstark geärgert beim Stallausmisten, hat es aber trotzdem gemacht, weil ihm nichts anderes übrig blieb. Das Palaver der Tagelöhner beim Kartoffelklauben. Die Gespräche beim Brotzeitmachen und am Abend vor dem Fernsehschirm. All diese Stimmen habe ich auf der Straße vor meinem Büro wieder gehört.

Kurze Pause.

ABSALON *laut* Die Italiener schreien auch manchmal, dass man denkt, Wunder was ist geschehen. Sie lassen alles raus. Ihre Freude genauso wie ihre Trauer und Wut.

Kurze Pause.

ABSALON Richtig bewusst ist mir das erst im Nachhinein geworden.

Kurze Pause.

BISCHOF Ich war auf Kuba und Jamaika, in Chile, Hongkong und Bombay!

Kurze Pause.

BISCHOF Aber nirgends habe ich es lange ausgehalten.

Kurze Pause.

ABSALON Woher kommst du eigentlich?

Kurze Pause.

BISCHOF Da, wo ich herkomme, gibt es bretterebene Landschaften, schwarze Erde und Bäche, die noch nicht begradigt sind. Du gehst über kleine Brücken und denkst, du bist in der Wildnis.

ABSALON *neckisch* Aah, kommst du vielleicht aus Niederbayern?

BISCHOF Von wegen!

Kurze Pause.

BISCHOF Ich war in Burma, Vietnam und China. Ich war auch in Bangkok, Kambodscha und auf den Philippinen – nur in Niederbayern war ich noch nicht!

Kurze Pause.

ABSALON Hab ich jetzt deinen Nerv getroffen?

BISCHOF Nein, ich weiß gar nicht, wer das mit Niederbayern aufgebracht hat. Alle sagen, ich käme aus Niederbayern. Vor allem mein Schwiegervater, der aus Rumänien kommt. Die Schwiegermutter aus der früheren Tschechoslowakei, die Oma aus Italien und der Opa aus Russland! Manchmal fühle ich mich wie ein Ausländer im eigenen Land.

ABSALON Auch ich habe oft das Gefühl, als gehörte ich nirgends dazu.

Kurze Pause.

ABSALON Gestern habe ich zu meiner Frau gesagt: Bringen wir uns um!

BISCHOF Wieso?

ABSALON *grinst* Warum nicht!

BISCHOF Naja, testamentarisch wäre das ziemlich kompliziert.

Kurze Pause.

BISCHOF Wer von euch hat denn das meiste Geld?

ABSALON *beschwichtigend* Es war nur Spaß!

Kurze Pause.

ABSALON Eigentlich freue ich mich, dass ich hier bin.

BISCHOF *die Landkarte zusammenfaltend* Ich weiß oft nicht, wohin ich gehöre.

Kurze Pause.

BISCHOF *legt die Karte in die Schublade zurück* Die Angeber wollen dir wichtige Orte einreden. Du weißt, dass du schon einmal dort warst, hast aber nichts dabei empfunden.

Kurze Pause.

BISCHOF *setzt sich* Du kommst mit dem Wagen in so ein Kaff. Kein Parkplatz weit und breit. Bleibst stehen, wirst angehupt und denkst: Was, das soll der Ort sein, der so hochgejubelt wird?!

Kurze Pause.

ABSALON Ja, das kenn ich!

Kurze Pause.

BISCHOF Weißt du, was das Schärfste war?

Kurze Pause.

BISCHOF Letztes Jahr in Kalifornien, in diesem großen Park, du weißt schon, mit den Riesenbäumen, wie heißt der gleich wieder?

ABSALON Keine Ahnung.

BISCHOF Da hab ich gedacht, wenn das der Anwalt aus Stuttgart sehen würde, das wäre ein Ding!

Kurze Pause.

BISCHOF Und da geht tatsächlich der Anwalt aus Stuttgart vor mir her –

Kurze Pause.

BISCHOF Geht direkt vor mir, dass ich stehen bleibe und rufe: HALLO!

Kurze Pause.

BISCHOF Und er dreht sich um, schaut ganz irritiert, fällt aus allen Wolken!

ABSALON Nein!

BISCHOF Doch, der hat seine Reise linksrum gemacht und ich rechtsrum. Und genau auf halbem Weg haben wir uns getroffen!

ABSALON So was passiert wahrscheinlich alle hundert Jahre nur einmal?

BISCHOF Falls überhaupt!

Kurze Pause.

BISCHOF Weil so ein Treffen auf die Sekunde genau in so einem Park, und auch noch in Amerika – das geht gar nicht!

Kurze Pause.

ABSALON Ja, schön langsam glaube ich es auch.

Kurze Pause.

BISCHOF *streckt seine Arme aus* Ich hätte jetzt richtig Appetit auf ein Knoblauchbrot!

Kurze Pause.

BISCHOF Dazu einen Anisschnaps.

Kurze Pause.

BISCHOF Wie heißt der gleich wieder auf Griechisch?

Kurze Pause.

BISCHOF Ist auch egal, die Globalisierung hat uns längst im Griff!

Kurze Pause.

BISCHOF Je mehr Globalisierung, desto mehr schließen sich die Kleinen zusammen.

ABSALON Stimmt!

BISCHOF Die kleinen Gemeinden und Städte möchten ihr eigenes Bürgerfest, ihr eigenes Popkonzert, ihre eigenen Festwochen und Sommernachtsträume. Dabei wird alles noch kleiner, als es bereits ist.

Kurze Pause.

BISCHOF *grinst* Wenn dann einer beschimpft wird als Niederbayer, ist es fast schon ein Lob.

ABSALON Oh, entschuldige, ich hab es nicht so gemeint, wie du es vielleicht aufgefasst hast.

BISCHOF Es ist schon vorbei!

Kurze Pause.

ABSALON Manchmal denke ich, dass mir die Menschen im Ausland Krankheiten zufügen könnten, gegen die ich machtlos bin.

Kurze Pause.

ABSALON Ich habe zwar ein Haus, aber sonst nichts gesehen von der Welt.

BISCHOF Du warst doch in Italien?

ABSALON Ja, aber was ist das im Vergleich zu dir.

BISCHOF Was hat das mit mir zu tun?

ABSALON Ich will auch weg von hier!

BISCHOF Und dein Haus?

ABSALON Nichts als Probleme!

BISCHOF *belehrend* Dann schau dir die Welt endlich an. Lass dich beeinflussen und nimm dir Zeit!

Kurze Pause.

ABSALON Ich glaub, ich mach's doch nicht.

Kurze Pause.

BISCHOF Nein?

Kurze Pause.

ABSALON Früher war ich nicht so unschlüssig.

Kurze Pause.

ABSALON So auf Sicherheit bedacht.

Kurze Pause.

BISCHOF Ach –

Kurze Pause.

BISCHOF Darf ich dich mal was fragen?

Kurze Pause.

BISCHOF Ich meine, ganz ernsthaft.

Kurze Pause.

ABSALON Ja.

Kurze Pause.

BISCHOF Warum bist du eigentlich
hier?

ABSALON Wenn ich das wüsste!

BISCHOF Weißt du, wie man solche Leute nennt?

ABSALON Sag's lieber nicht.

BISCHOF Warum nicht?

ABSALON Weil du keine Ahnung hast von einem Haus!

Kurze Pause.

ABSALON Meine neue Mieterin treibt mich zum Wahnsinn. Der Wasserhahn tropft. Die Kellertür klemmt.

Kurze Pause.

ABSALON Außerdem brauche ich einen neuen Stromzähler!

Kurze Pause.

BISCHOF Na und, schließlich ist es dein Haus.

Kurze Pause.

BISCHOF Neulich habe ich an einer Tankstelle ein Schild entdeckt: 100-EURO-SCHEINE WERDEN HIER NICHT ANGENOMMEN! Dabei mache ich die Drecksarbeit für den Konzern. Kein Tankwart mehr, nur noch Kassierer! 100-EURO-SCHEINE, warum gibt es sie, wenn sie nicht angenommen werden? Der Tankstellenbesitzer meinte nur: Da drüben ist eine Bank! Und du jammerst über dein Haus!

Kurze Pause.

ABSALON Ich habe viele Sachen falsch gemacht in meinem Leben.

BISCHOF Nicht nur du.

ABSALON Ich denke oft daran, obwohl ich es nicht mehr rückgängig machen kann.

BISCHOF Jedenfalls hast du ein eigenes Haus!

ABSALON Aber dem Kunstprofessor gehört das Grundstück.

BISCHOF Tatsächlich?

ABSALON Letzten Sommer hat er mich zum Grillen eingeladen und gefragt, ob ich noch ein Weißbier mag. Gerne, hab ich gesagt, und wo wasche ich das Glas aus? Daraufhin hat er nur mit der Hand auf die Regentonne gezeigt!

BISCHOF Das darfst du nicht so eng sehen.

ABSALON Doch, das war Absicht!

Kurze Pause.

ABSALON Ich hätte gute Lust, ein Lagerfeuer zu machen. Dann lade ich ihn ein, serviere ihm lauwarmes Bier und verbrannte Kartoffeln.

BISCHOF Lieber nicht, sonst beschweren sich die Nachbarn.

ABSALON Wieso, die grillen doch auch jeden Abend.

BISCHOF Aber nicht mit Holzkohle!

ABSALON Man darf ohne weiteres ein offenes Feuer machen, ich habe mich erkundigt. Es darf bloß keinen Funkenflug geben.

BISCHOF Frag lieber die Chefin.

ABSALON Ach, ich weiß nicht.

Kurze Pause.

BISCHOF An Weihnachten habe ich einen Film gesehen, in dem eine Schauspielerin eine Opernsängerin imitiert. Glaubst du, ich hätte gewusst, um welche Lieder es sich handelt? Nur der Name der Sängerin erschien im Nachspann.

ABSALON Und?

BISCHOF Schließlich hab ich ihre Adresse rausgefunden.

Kurze Pause.

BISCHOF Aber frage nicht, was es mich an Überzeugungskraft gekostet hat, um auf dem Computer der Chefin eine E-Mail zu schreiben.

ABSALON Was, du warst bei der Chefin?

BISCHOF Aber auch nur, weil ihr die Arien so gut gefallen haben.

Kurze Pause.

ABSALON Und, hat die Sängerin zurückgeschrieben?

BISCHOF Sie hat mich persönlich angerufen.

ABSALON Wow!

BISCHOF *zieht ein Mobiltelefon aus der Tasche* Schau, was ich hier habe.

Kurze Pause.

BISCHOF *enttäuscht* Jetzt ist es verschwunden!

32

ABSALON Altersschwäche?

BISCHOF Nein, vertippt.

ABSALON Nach zwei Jahren ist so ein Handy ein Opa, sagen die Experten.

BISCHOF Quatsch, ich kann damit immer noch fotografieren!

Kurze Pause.

ABSALON Was suchst du?

BISCHOF Ein Bild.

ABSALON Ist es wichtig?

BISCHOF Die Chefin.

ABSALON Lass sehen!

Kurze Pause.

BISCHOF Da!

ABSALON *überrascht* Aaaah – geil!

Kurze Pause.

BISCHOF Sie hat mir erzählt, dass sie mit ihrem

roten Ferrari in Italien war, aber in eine
Radarkontrolle gekommen ist. Die Bullen
haben sie rausgeholt, den Wagen inspiziert
und gesagt, sie darf weiterfahren, so schnell
wie sie will.

Kurze Pause.

BISCHOF Und dass ihr nichts passieren wird,
weil Ferrari Italien ist!

Kurze Pause.

ABSALON Das soll ich jetzt alles glauben?

BISCHOF Manchmal genügt schon ein Auto
oder eine Farbe. ROT zum Beispiel. Oder das Wort
FERRARI!

Kurze Pause.

BISCHOF Bei uns zu Hause hat mal eine
Putzfrau gearbeitet. Sie war sehr korrekt und
verschwiegen. Bis das Fußball-Weltmeisterschafts-
Endspiel im Fernsehen kam. Da hat sie sich
orangenfarben angezogen. Meine Mutter wollte
wissen, ob sie Holländerin sei. Nein, hat sie
gesagt, nur heute!

ABSALON Gut, dass ich keine Putzfrau habe.

BISCHOF Und was denkst du sonst noch?

ABSALON Ich denke gerade, dass ich dir sagen soll, an was ich denke. Aber ich denke nicht viel, ich bin mehr so ein intuitiver Mensch.

Kurze Pause.

ABSALON Früher hab ich viel geträumt, alles aufgeschrieben. Schreckliche Träume waren das. Oft bin ich schweißgebadet erwacht in der Nacht.

Kurze Pause.

ABSALON Manchmal denke ich an den Tod. An das Grab meiner Mutter. Weil ich nicht weiß, wie lange der Vertrag noch läuft. Zwei oder drei Jahre? Die Friedhofspfleger schneiden nur die Hecken und werfen den Dreck aufs Grab. Man muss sich um alles selber kümmern, und sie buchen das Geld dafür ab!

Kurze Pause.

ABSALON Sie buchen alles vom Konto ab! Ich hab beim ersten Mal die Rechnung bezahlt, mich dann nicht mehr drum gekümmert. Ich dachte, jedes Jahr kommt eine Abrechnung. Aber nein, da kommt gleich eine Mahnung. Und eine Mahngebühr musst du auch noch zahlen. Ich dachte, was ist jetzt los, ich hab noch gar keine Rechnung bekommen. Nein, Sie kriegen auch keine Rechnung, hat die Frau am Telefon gesagt. Im Vertrag steht, dass Sie jedes Jahr am Soundsovielten soundsoviel bezahlen müssen!

Kurze Pause.

ABSALON Auch wenn ich den Vertrag gelesen hätte, dass ich jedes Jahr am Soundsovielten soundsoviel bezahlen muss, hätte ich erwartet, dass ich einen Hinweis bekomme: Überweisen Sie am Soundsovielten soundsoviel!

Kurze Pause.

ABSALON Ich habe einen Bekannten, der hat sich eine Neubauwohnung gekauft und mich zur Einweihung eingeladen. Aber ich mag nicht hingehen. Weil, so gut kenne ich ihn nicht. Wir sind nicht so dick befreundet, dass ich ihn gleich besuchen möchte. Das ist nämlich einer, der sich alles raushängen lässt, immer angibt, was für ein toller Typ er ist. Ich bin der Meinung, man sollte schön am Boden bleiben. Aber es gibt Leute, die immer glänzen wollen. Und die kann ich nicht leiden.

Bischof schaut auf seine Armbanduhr.

ABSALON Jetzt hat er Probleme mit dem Parkettboden und dem Bad. Und eine Rechnung hat er auch bekommen von der Stadt, für Wasser und Strom, die er nicht zahlen will, weil angeblich im ersten Jahr alles inklusive verrechnet wird. Jetzt kennt er sich doch nicht so aus, wie er immer behauptet!

Kurze Pause.

ABSALON Wenn ich etwas Negatives erlebe, versuche ich trotzdem dahinter etwas Positives zu sehen. Auch wenn es manchmal so aussieht, als würde sich nichts bewegen.

BISCHOF Wie meinst du das?

ABSALON *deutet auf das Buch* In meinen Zeichnungen versuche ich das zu zeigen. Und in einer Ausstellung hab ich das auch gemerkt. Plötzlich sind die Leute stehen geblieben und haben zu denken angefangen, weil ich alles auf den Kopf gestellt habe!

BISCHOF Woher willst du wissen, dass die Leute zu denken angefangen haben?

ABSALON Merkst du das nicht?

BISCHOF *schaut auf die Armbanduhr* Nein, aber schön langsam kriege ich Hunger!

ABSALON Manchmal schreibt ein bekannter Kunstkritiker über einen unbekannten Künstler, lobt und empfiehlt ihn, obwohl er im Grunde nichts für ihn empfindet. Das finde ich verdächtig, weil meistens Geld dahintersteckt.

Kurze Pause.

ABSALON Wenn dich ein Künstler nicht trifft mit seiner Arbeit, kein Gefühl erweckt in dir, keinen neuen Gedanken auslöst, wenn das, was er macht, nichts mit dir zu tun hat, kannst du ihn ruhig vergessen.

BISCHOF Ist das mit dem Geld nicht längst gang und gäbe auf der Welt?

ABSALON Ja, aber wer macht was dagegen?!

BISCHOF Niemand!

Ein Klingelton erklingt.

BISCHOF Ich glaube, heute gibt es Pfannkuchensuppe.

Kurze Pause.

BISCHOF Mit Knoblauch!

Klingelton wiederholt sich.

BISCHOF Gehen wir?

Kurze Pause.

ABSALON Ja.

Kurze Pause.

BISCHOF Auf geht's!

Bischof und Absalon stehen auf, gehen zur Tür. Absalon öffnet, Bischof verneigt sich. Absalon geht hinter Bischof her und schließt die Tür.

Vorhang.

Zweiter Akt

Zimmer im Sanatorium wie bisher. Bischof sitzt am Tisch und streichelt seinen Bauch. Absalon geht unruhig im Kreis.

ABSALON Demnächst zieht die neue Mieterin, Frau Eichelmann-Meibaum, in das Haus ein. Teilweise hat sie ihre Möbel schon eingeräumt. Das hat sie alles Herrn Grabbauer zu verdanken. Frau Eichelmann-Meibaum bildet sich Wunder was ein. Und Herr Grabbauer, ihre rechte Hand, nervt mich, wo er nur kann.

Kurze Pause.

ABSALON Einmal war mein Sohn bei einer Besprechung dabei. Nachher hab ich zu ihm gesagt: Wenn dieser Herr Grabbauer wieder in der Wohnung ist, schmeiß ich ihn raus. Da kannst du Gift drauf nehmen!

Kurze Pause.

ABSALON Als sich Frau Eichelmann-Meibaum das Haus angesehen hat, hat sich der Herr Grabbauer gleich wichtig gemacht, was noch alles zu richten wäre. Ich hab nur gesagt: Das kommt nicht in Frage, das Haus ist neu hergerichtet, und so wie es ist, bleibt es! Aber dann hat er gesagt: Frau Eichelmann-Meibaum braucht einen Starkstrom im Haus!

BISCHOF *mit verzerrtem Gesicht* Ich hab Bauchweh.

ABSALON Letzte Woche hat er sich mir in den Weg gestellt, aber ich hab ihn links liegen lassen, gar nicht angeschaut, auch nicht geredet mit ihm. Da hätte ich ihn schon rausschmeißen sollen. Aber es war ein Handwerker dabei, der Uhren einbauen wollte für Wasser, Strom und Heizung. Dabei hat sich herausgestellt, dass in der Dusche der Ablauf nicht funktioniert. Und dieser Herr Grabbauer schaut sich ja alles genau an, sagt tatsächlich, dass eine Steckdose am falschen Platz wäre. Gut, das mit dem Ablauf wird gemacht, aber die Steckdose bleibt, wo sie ist!

Kurze Pause.

ABSALON Frau Eichelmann-Meibaum hat bereits einen Schlüssel. Ich weiß, das hätte ich nicht machen sollen, sondern gleich Miete verlangen. Aber dann war sie schon hier mit ihren Sachen. Die Heizung muss neu eingestellt werden, hat sie gesagt. Na gut, das muss sie zahlen, das wird alles genau notiert. Auch die Fliesen müssen noch runtergeschlagen werden im Bad. Und die Fliesen auf dem Balkon.

Kurze Pause.

ABSALON Ich sag dir, die Frau ist der

Wahnsinn!

Kurze Pause.

ABSALON Ich hätte eiskalt sagen sollen:
Entweder Sie übernehmen das alles wie es ist,
oder sie können gleich wieder gehen! Aber ich
habe nichts gesagt, überhaupt nicht gedacht, dass
so viel auf mich zukommen würde. Den Schlüssel
hab ich ihr aber schon wieder abgenommen.

Bischof steht auf.

ABSALON Mein Gerechtigkeitssinn ist zu stark
ausgeprägt. Ich bin einfach zu gewissenhaft!

BISCHOF *setzt sich wieder* Was?

ABSALON Zu ehrlich.

BISCHOF Du sprichst, als würde es schon zu
Ende gehen mit dir.

Kurze Pause.

BISCHOF Dabei fängt doch alles erst an!

Kurze Pause.

ABSALON Du hast leicht reden.

Kurze Pause.

BISCHOF Wie warst du denn als Kind?

Kurze Pause.

ABSALON Ich – als Kind?

Kurze Pause.

ABSALON Ich glaube, da war ich sehr unterwürfig.

Kurze Pause.

ABSALON Ich erinnere mich an den Knecht auf dem Bauernhof. Der weigerte sich, seine Suppe zu essen. Ich wusste, es war nur aus Trotz, weil er dies und jenes hätte machen sollen, aber nicht gemacht hat. Einfach weil er sich nicht dreinreden lassen wollte, hat er die Suppe von der BÄUERIN, so hat er meine Tante immer genannt, nicht gegessen. Da hab ich mich auf seine Seite geschlagen, meine Suppe auch nicht gegessen. Obwohl ich großen Hunger hatte.

BISCHOF Und warum nicht?

ABSALON Weil der Knecht mein Vorbild war, für den hätte ich alles getan.

BISCHOF Aber nicht für Herrn Grabbauer?

ABSALON *abfällig* Bitte!

Kurze Pause.

ABSALON Letzte Woche haben die Handwerker im Keller einen neuen Verteilerkasten montiert, weil der alte schon über dreißig Jahre alt war und nicht mehr richtig funktionierte. Ich meine, das verstehe ich schon, will auch gar nichts dagegen sagen, aber dass jetzt noch ein zweiter Zähler hinzukommt, damit hab ich nicht gerechnet.

Kurze Pause.

ABSALON Das hat der Herr Grabbauer in die Wege geleitet. Er war tatsächlich im Keller bei den Elektrikern und hat gesagt: Schauen Sie, das ist nicht mehr der Neueste, der gehört erneuert, der Kasten muss weg, da muss ein neuer Kasten her! Aber der wird von der Stadt geliefert, und kostet mich eine Menge Geld.

Kurze Pause.

ABSALON Jetzt will die gnädige Frau Eichelmann-Meibaum noch eine Waschmaschine ins Badezimmer. Sie will das Waschbecken wegschlagen lassen und eine Waschmaschine hinstellen. Daraufhin habe ich mit meinem Agenten gesprochen, der meinte: Sie haben unterschrieben, da können Sie nicht mehr raus. Also gut, habe ich mir halt wieder selber eine

Ohrfeige gegeben. Aber so was mache ich nicht mehr, hab ich zu meinem Sohn gesagt, wenn jetzt noch was ist, gehst du hin und zeigst ihm den Mietvertrag, weil der ist nämlich noch gar nicht unterschrieben. Außerdem, wenn wir doch einem anderen Interessenten das Haus vermieten, dann nur so, wie es jetzt ist. Da gibt es keine Sonderwünsche mehr.

BISCHOF *lachend* Das mit den Sonderwünschen kenne ich!

Kurze Pause.

ABSALON Der Elektriker hat den Zähler abgelesen, mir einen Kostenvoranschlag gemacht wegen der Waschmaschine, und ich hab gesagt: Nein, kommt nicht in Frage! Aber die gnädige Frau will jetzt die Waschmaschine im Keller haben, also benötige ich einen extra Anschluss für die bestehende Wasserleitung, weil sie auch einen Trockner haben will. So wird das jetzt noch teurer, weil ich wieder ja gesagt habe.

Kurze Pause.

ABSALON Daraufhin habe ich alle Schlüssel abgezogen. Und gleich hat sich der Agent aufgeregt. Das können Sie doch nicht machen, Sie dürfen doch nicht alle Schlüssel abziehen, was machen Sie denn! Warum nicht?! Wir müssen doch einen Schlüssel haben, hat er gesagt, und ganz frech ist er geworden: Wenn jetzt jemand kommt und interessiert sich noch für die Wohnung? Dann rufen Sie an, hab ich gesagt, und Sie kriegen die Schlüssel. Aber das Theater haben wir doch schon mal gehabt, fuhr er fort, da hab ich den Schlüssel bei Ihrem Sohn holen müssen, das ist doch keine Zusammenarbeit, ich brauche die Schlüssel! Also gut, hab ich gedacht, einmal werde ich ihm das noch zugestehen, aber er darf den Schlüssel nicht Frau Eichelmann-Meibaum geben, das auf keinen Fall!

BISCHOF Klar!

ABSALON Eigentlich hat er nur diese Eichelmann-Meibaum gefunden! Die andern Interessenten wollten die Wohnung gewerblich nutzen. Ja, können die nicht lesen, hab ich gesagt, wofür hab ich denn das Exposé geschrieben?! Geschäftsleute kommen mir nicht rein. Das ist ein Einfamilienhaus und kein Agenturbüro. Keine Fahrschule. Und ein Lebensmittelgeschäft auch nicht! *Geht an den Tisch, beugt sich über sein Buch, sucht etwas.*

BISCHOF Jetzt hör aber auf mit dem Gejammer.

Kurze Pause.

ABSALON *klappt das Buch zu und setzt sich* Weil es wahr ist!

Kurze Pause.

BISCHOF Ja, alles ist wahr!

Kurze Pause.

BISCHOF Es gab einmal ein Förderprogramm von der Regierung. Und unsere Frau Bürgermeisterin wollte dabei sein. Weil es unglaublich viel Geld dafür gab. Nur wusste am Schluss niemand mehr, wo das Geld geblieben ist!

Absalon blättert in seinem Buch.

BISCHOF Mit dem Förderprogramm fing es an. Ich war überrascht, dass die betuchten Herren als STADTMANAGER auftraten, dafür einen Haufen Geld bekamen!

ABSALON STADTMANAGER – interessantes Wort.

BISCHOF *steht auf* Ja, diese STADTMANAGER haben die letzten Ladeninhaber mit einem Fragebogen besucht und gefragt: Wollen Sie expandieren? Wollen Sie noch ein zweites Geschäft aufmachen?

ABSALON Und die STADTMANAGER bekamen Geld dafür?

BISCHOF *grinst* CITYMANAGER haben

sie geheißen. Aber ich habe sie STADT-
MANAGER genannt!

Kurze Pause.

BISCHOF Den Bäckerladen gibt es nicht mehr.
Der Friseur hat zugemacht, der Buchladen und der
Lebensmittelladen sowieso. Dann kommt der
STADTMANAGER daher und fragt, ob man
noch einen Laden aufmachen will?

Kurze Pause.

BISCHOF Die Bäume haben sie abgehackt hinter
dem Rathaus. Die schönen Ahornbäume. *Macht
eine kurze Handbewegung.* Ratsch!

ABSALON Nein!

BISCHOF *faltet die Hände* Es ist furchtbar. Die
Bewohner möchten jetzt alle Bäume weghaben,
weil ihnen im Frühjahr der Samen zu viel Dreck
macht!

Kurze Pause.

BISCHOF Der zuständige Bauamtsmeister meint,
wenn es nur zwei Leute wären, könnte man sich
wehren, aber es sind alle dafür!

Kurze Pause.

BISCHOF Ich war einer von denen, die noch einen Baum im Garten hatten. Dafür bekam ich Vorhaltungen von den Nachbarn, das Laub oder die Äste würden im Herbst in ihre Anlagen fallen. Das sei lebensgefährlich!

Kurze Pause.

BISCHOF Ich habe gesagt, wenn die mich zwingen, den Baum abzuhacken, hole ich die afrikanischen Asylanten ins Haus, lasse sie Hühner grillen im Garten und wilde Partys feiern!

Absalon lacht.

BISCHOF Eigentlich sind die Bürger selber schuld.

Kurze Pause.

BISCHOF Mit den Läden ist es wie mit den Bäumen. Keine mehr da! Die Leute kaufen ihre Sachen im Supermarkt. Und alle finden das ganz toll.

Kurze Pause.

BISCHOF Das sind die Probleme der Welt, nicht Frau Eichelmann-Meibaum!

Kurze Pause.

ABSALON Natürlich, die Stadt verdient mehr am Supermarkt als an so einem Tante-Emma-Laden.

BISCHOF *geht hin und her* Es gab eine Versammlung. Die Frau Bürgermeisterin hat geredet, mit ihrem Geschwafel aber nur gezeigt, dass sie an den Problemen nicht interessiert ist. Daraufhin hat so ein Wichtigtuer ein Wirtschafts- und Tourismuskonzept vorgestellt. Was heißt vorgestellt – auch nur geredet hat er, aber nicht so, als würden ihn die Nöte und Sorgen der Bürger wirklich interessieren. Jeder kann mitmachen, hat er gesagt. Alle sind gefragt. Wir haben Tische aufgebaut für Wirtschaft, Ökologie, Tourismus, Stellwände für Kultur. Alle können mitreden! Daraufhin ist ein alter Mann aufgestanden, wollte etwas fragen. Aber der wurde mundtot gemacht. Wie einen Schuljungen haben sie ihn behandelt. Nein, hat dieser Wichtigtuer gesagt, ich hab es doch gerade erklärt, das machen wir nicht so. Es ist wirklich ganz leicht. Gehen Sie an die Tische und Stellwände, reden Sie dort, nicht mit mir!

Kurze Pause.

BISCHOF Die haben den alten Mann vor allen andern Leuten lächerlich gemacht!

Kurze Pause.

BISCHOF Nicht um die leerstehenden Wohnungen oder um die übersteigerten Mieten für Häuser oder Läden, nicht um die dreißigtausend Autos, die sich täglich durch die Stadt zwängen und die Luft verpesten, nicht um die besorgten Bürger ging es der Frau Bürgermeisterin – sondern um die Fördergelder!

Kurze Pause.

BISCHOF ALLE BÜRGER sind miteingebunden, hat sie gesagt. AUCH DIE KLEINEN LEUTE sind uns wichtig! JEDER KANN MITREDEN! Und der Herr mit dem Wirtschafts- und Tourismuskonzept hat dem alten Mann, der etwas sagen wollte, das Wort abgeschnitten!

Kurze Pause.

BISCHOF Am Anfang war ich noch gutgläubig und ließ einen Kostenvoranschlag machen für eine Werbetafel vor meinem Laden. Aber die wurde abgelehnt. Nein, machen wir nicht! Sie müssen, wie alle andern auch, ein handwerkliches Schild anbringen lassen!

Kurze Pause.

BISCHOF Eine Woche später kamen sie und meinten: Sie können im Eingangsbereich so ein Schild anbringen, wenn Sie wollen. Aber das sieht doch kein Mensch, hab ich gesagt. Und gleich

haben sie sich wieder auf die Hinterbeine gestellt.
Das geht nicht! Nein! Kommt nicht in Frage!
Dabei hat es die Stadt selber gemacht. Da ging es.
Auch für das Büro von dieser Investmentgesell-
schaft. Und dem Italiener haben sie über Nacht
das Schild vor seinem Restaurant abgerissen!

ABSALON Ja, wo leben wir denn!?

Kurze Pause.

BISCHOF Dann kam die Geschichte mit
der Ausschreibung, die nächste Schweinerei!
Gegenüber vom Rathaus gibt es ein Fachgeschäft.
Aber nein, die Stadt kauft ihre Waren von einem
Händler, der fünfzig Kilometer weit entfernt ist!

Kurze Pause.

BISCHOF Die Frau Bürgermeisterin hat gesagt:
Wir haben eine Ausschreibung gemacht! Aber
keiner weiß was von einer Ausschreibung.
Niemand hat eine Ausschreibung gesehen,
geschweige denn gelesen! Und das Schärfste:
Die Zeitung hat jetzt für ihre HEIMATSEITE
eine junge Journalistin angestellt, die muss
jeden Artikel vorher vom Rathaus absegnen
lassen!

Kurze Pause.

ABSALON Kaum zu glauben.

Kurze Pause.

BISCHOF Hinter der Zugbrücke ist ein schöner, schattenspendender Baum gestanden. Den haben sie abgesägt. Ich wollte eine Begründung haben. Die Anfrage ist bis zum Vorzimmer von der Frau Bürgermeisterin gegangen, da hat es nur geheißen, der Baum musste weg!

Kurze Pause.

BISCHOF *leise* Und wenn du nicht mitziehst, bist du selber bald weg.

Kurze Pause.

BISCHOF Dafür haben die gutbetuchten Herren von der Frau Bürgermeisterin einen Auftrag erhalten und fragen dich aus, ob du noch einen Laden mieten willst! Legen dir ein Schriftstück auf den Tisch und fragen: Möchten Sie expandieren? Dabei bin ich froh, wenn ich das halten kann, was ich habe. Dankeschön! Wiedersehen, sagen sie dann. Und kriegen eine Stange Geld dafür.

Kurze Pause.

BISCHOF In den Gremien beschmieren sie tausend Seiten Papier, machen ein Konzept auf, das kein Mensch versteht und sagen: AUCH DER KLEINE IST UNS WICHTIG – ALLE

SIND MITEINGEBUNDEN!

ABSALON Stimmt das?

BISCHOF Natürlich, als kleiner Ladeninhaber
musst du zahlen, damit du dazugehörst. Das ist
inzwischen Gewohnheitsrecht geworden und
wird so raffiniert gehandhabt, dass sich niemand
mehr auskennt. Auch die CITYMANAGER
nicht.

Kurze Pause.

BISCHOF Und doch weiß es angeblich jeder.

Kurze Pause.

BISCHOF Nichts als Angstkonzepte werden hier
entwickelt!

Kurze Pause.

BISCHOF Auf dem Wochenmarkt ging es
ähnlich zu. Da haben sie einen Marktausschuss
gebildet, als es gar keinen Markt mehr gab!

ABSALON Was?!

BISCHOF Die Stadt hat ihre Standgebühren
erhöht, sodass die Händler gesagt haben: Nein, das
rentiert sich nicht mehr, da fahren wir nicht mehr
hin!

Kurze Pause.

BISCHOF Die Stadt wollte die Marktstände
weghaben. Also wurde ein Marktausschuss
gebildet. Wieder so eine Kacke mit viel Geld
dahinter! Schließlich mussten die Händler mit
dem Marktausschuss Verhandlungen führen.

Kurze Pause.

ABSALON Was für Verhandlungen?

Kurze Pause.

BISCHOF Es gibt Beiräte für Politik, Tourismus,
Ökologie und Wirtschaft. Die reden nur und reden.
Und es ist alles ganz schrecklich! Irgendwelche
Wichtigtuer reisen an, die von der Stadt keine
Ahnung haben, legen ein neues Konzept vor und
verschwinden wieder. Im Grunde geht es denen
aber nur ums GELD! STÜHLE FESTHALTEN!
POSITIONEN SICHERN!

Kurze Pause.

BISCHOF Um einundzwanzig Uhr ist Schluss,
hat die Frau Bürgermeisterin vor der Veranstaltung
gesagt. Keine Diskussion! Informiert euch an den
Stellwänden und Tischen!

Kurze Pause.

BISCHOF Die Herrschaften sagen dir eiskalt ins Gesicht: Ich habe das Papier daheim, aber das sind zweihundert Seiten, eigentlich tolle Vorschläge, ja, aber damit muss ich mich erst beschäftigen! Dass du dich fragst: Für was und für wen machen die das? Wie wollen sie das einem Kind erklären?! Und dann reden sie auch noch so scheinheilig daher: Es ist alles für die Zukunft! Wir planen das für die nächsten dreißig Jahre! Wir müssen das alles bedenken!

Kurze Pause.

BISCHOF Sie reden von Ökologie und wissen nicht, was das ist, Ökologie? Denen sind die Tiere und die Bäume und die Igel sowas von egal! Das ist Dreck für die. Meine Nachbarn haben mich beschimpft wegen der Bäume. Alles Dreck, sagen sie. Also haben sie sich einen Punkt ausgesucht, den sie wieder streichen können: Ökologie. Nein, brauchen wir nicht! Wenn die da so einen armen, wehrlosen Igel laufen sehen, erschlagen sie ihn! Die haben Igel in den Wald gefahren. Eingefangen und in den Wald gefahren. Weil, die kacken ja auf ihre gepflegten Rasen. Stell dir das mal vor, die fahren Igel in den Wald!

ABSALON *lacht* Und was willst du dagegen machen?

BISCHOF Das ist nicht zum Lachen. Ich

habe mich erkundigt. Die kannst du anzeigen! Weißt du, was das kostet? Das kostet dich ein Vermögen, wenn sie dich erwischen! Ich bin nicht der Ökofuzzy, aber die fahren einfach Tiere in den Wald. Das ist alles so grauenhaft! Schöne Bäume, die vor hundert Jahren gepflanzt wurden, einfach abhacken, weil sie die Ableger stören! Das ist doch abartig!

Kurze Pause.

BISCHOF Sie reden von Ökologie. Aber die Natur verachten sie!

Kurze Pause.

BISCHOF Sie haben Bäume vom Rathausberg abgehackt, nur weil mal ein Steinchen runterge-fallen ist. Was sind das für Menschen, frage ich mich. Was haben die vor? Was wollen die mit den breiten Wegen auf dem Berg da oben? Da blickt doch keiner mehr durch.

Kurze Pause.

BISCHOF Es waren ja auch nur fünfzig Leute bei der Veranstaltung. Hauptsächlich solche, die sich noch was versprochen haben von diesem Wirtschafts-Kommunikations-Tourismuskonzept.

Kurze Pause.

BISCHOF KONZEPT – wenn ich das Wort schon höre, kommt mir das Grausen!

Kurze Pause.

BISCHOF Es gibt keine Zuganbindung mehr, keinen Bus, der wöchentlich einmal in die Großstadt fahren würde. Ohne Auto bist du hier verratzt. Dafür kommen sie mit ihren Floskeln: Barriere-Freiräume schaffen! Das muss alles erst besprochen werden! Am Bahnhof sieht es nicht sehr rosig aus, das wissen wir! Trotzdem freuen wir uns, dass ihr so zahlreich erschienen seid! Jeder ist uns wichtig! Alle werden eingebunden!

Kurze Pause.

BISCHOF Aber dem Mann, der etwas fragen wollte, haben sie das Wort abgeschnitten!

Kurze Pause.

BISCHOF *spöttisch* Wahrscheinlich wollte er nur sagen: WAS IST DAS FÜR EINE TOTE STADT!

Kurze Pause.

BISCHOF Von mir aus, denke ich manchmal, es muss ja nicht viel los sein. So was brauche ich gar nicht. Das ist in einer kleinen Stadt halt so, da habe ich nichts dagegen. Nur die Machenschaften bestimmter Leute beunruhigen mich, ihre

Hinterfotzigkeit. Es ist wirklich beängstigend,
wie die Gelder des öffentlichen Haushalts
unterschlagen werden.

Kurze Pause.

BISCHOF Trotzdem verlangen sie weiterhin
überhöhte Mieten für ihre verkommenen Häuser
und Läden – und werden auch noch subventioniert!

Kurze Pause.

ABSALON *vorwurfsvoll* Ich werde nicht
subventioniert!

Kurze Pause.

BISCHOF Das habe ich auch nicht gesagt.

Kurze Pause.

ABSALON Alles ehrlich verdient, das darfst du
mir glauben!

Kurze Pause.

BISCHOF Das glaube ich dir auch!

Kurze Pause.

ABSALON *blättert in seinem Buch* Es ist alles
nur so kompliziert geworden.

Kurze Pause.

BISCHOF *setzt sich wieder* Dafür hast du ein eigenes Haus.

Kurze Pause.

ABSALON Jaja! Ich trauere echt den Leuten nach, die dreißig Jahre lang meine Mieter waren. Nichts hat es da gegeben, keine Reklamation, immer die Miete rechtzeitig bezahlt. Und jetzt diese Eichelmann-Meibaum!

Kurze Pause.

ABSALON Die Rechnung für den Trockner zahl ich nicht. Keine Sonderwünsche mehr für diese Frau!

BISCHOF Das würde ich auch sagen!

Kurze Pause.

ABSALON Unglaublich, was sich die Leute rausnehmen. Wie stellen die sich das eigentlich vor! Ich ruf den Agenten an, aber er geht nicht ans Telefon. Das ist das Neueste, er geht einfach nicht ran. Morgen probiere ich es nochmal. Den krieg ich schon.

Kurze Pause.

ABSALON Sowas hab ich noch nicht erlebt.
Dass ich mir manchmal denke, ich verkaufe alles.
Verkaufen könnte ich jederzeit, der Wohnraum
ist knapp, dann wäre ich von heute auf morgen
schuldenfrei. Aber mein Junge spekuliert natürlich
auf später, das kann ich verstehen. Nur sollte sich
das jetzt bald erledigen, weil doch die Leute froh
sind, wenn sie eine Wohnung haben, oder nicht?
Diese Eichelmann-Meibaum kommt mir vor, als
wollte sie mit mir spielen. Aber so schnell kann
die nicht schauen, und das Haus ist verkauft!

Kurze Pause.

BISCHOF Dann verkauf es halt.

Kurze Pause.

ABSALON Anfang nächsten Monat will sie
einziehen, und ich kann nichts mehr machen
dagegen. Nur, sollte ich nochmal Ärger kriegen
mit ihr, halte ich ihr das vor. Wenn was kaputt ist,
lasse ich sie das richten. Den Stromzähler, na ja,
was bleibt mir anderes übrig. Über den Starkstrom
müssen wir noch reden. Ich mach jetzt einfach das
Beste daraus. Auch wenn sie den Balkon nochmal
fliesen lassen will, der Fliesenleger kommt in den
nächsten Tagen sowieso, und der Elektriker, aber
dann ist Schluss!

BISCHOF Genau!

ABSALON Sagt doch der Agent tatsächlich: So einen wie Sie hab ich noch nicht kennengelernt. Ja, wo leben Sie denn, hab ich gesagt, höchste Zeit, dass Sie mich kennengelernt haben! Der ist doch bloß scharf auf die Provision, die er bekommt.

Kurze Pause.

ABSALON Ich hab schon gedacht, das Mietrecht ist heute anders. Weil er gesagt hat: Kennen Sie sich denn nicht aus?! Das geht doch nicht, dass Sie alle Schlüssel abziehen! Aber die Schlüssel-übergabe ist doch erst, wenn die Wohnung übergeben wird, hab ich gesagt.

Kurze Pause.

ABSALON Und dann hab ich alle Schlüssel im Haus liegen lassen!

Kurze Pause.

ABSALON Ich hab die Türe zugeschlagen, und bin ins Auto gestiegen vor lauter Wut. Und dann, wo sind die Schlüssel? Wo hab ich denn die Schlüssel gelassen?!

Kurze Pause.

ABSALON Das ganze Durcheinander mit dem Schlüsseldienst, bis die gekommen sind, mich auch noch gefragt haben, ob mir das Haus überhaupt gehört? Da hab ich was unterschreiben müssen bei denen. Ein kleines Vermögen hat mich das gekostet. Nie wieder, hab ich gesagt. Nie mehr! Den ganzen Schlüsselbund hab ich im Haus liegen lassen. Das kann man sich gar nicht vorstellen. Aber so ist das: HAST DU NICHTS – IST ES NICHTS – HAST DU WAS – IST ES AUCH NICHTS!

Kurze Pause.

BISCHOF Jaja, die Hausbesitzer!

Kurze Pause.

BISCHOF Jeder hat Angst um sein bisschen Eigentum.

Kurze Pause.

ABSALON Du etwa nicht?!

Bischof fängt zu lachen an.

ABSALON Das ist aber jetzt nicht lustig.

BISCHOF Von wegen, ich könnte dir Sachen erzählen, dass dir die Probleme mit deinem Haus nur noch lächerlich erscheinen.

ABSALON Ach ja?

Kurze Pause.

BISCHOF Ein Bekannter von mir hat gesagt, eine überregionale Zeitung in Großbritannien hätte immer wieder darüber berichtet. Zwei Wochen lang, Tag für Tag. Aber glaubst du, es wäre was passiert? Nein! Die Polizei schaut nicht hin. Das Jugendamt auch nicht.

Kurze Pause.

BISCHOF Die machen, was sie wollen.

Kurze Pause.

ABSALON Und um was geht es da?

BISCHOF Um Männer, die ihre Frauen vergewaltigen und einschließen. Frauen müssen sich verschleiern, leiden unter Depressionen.

Kurze Pause.

BISCHOF Männer fangen junge Mädchen ein und richten sie ab.

ABSALON Was?!

BISCHOF Die Einheimischen werden wie Rassisten behandelt. Niemand wagt es, einzuschreiten. Es ist alles verkehrt, es ist nichts mehr richtig.

Kurze Pause.

BISCHOF Zwei Männer haben vor einer Tankstelle eine einheimische Frau angemacht, als wäre sie eine Nutte. Weil sie eine Weiße ist und ohne Schleier umhergeht.

ABSALON Das kann man fast nicht glauben.

BISCHOF Es ist aber so, die Weißen werden diskriminiert, als wären sie in der Minderheit.

Kurze Pause.

BISCHOF Männer führen Frauen ins Land ein, die sogleich eine Wohnung bekommen. Diese Männer haben fünf Geliebte, die sie ins Land bringen, alle unverheiratet. Sind sie dann verheiratet, gehen sie zum Jugendamt mit ihren Kindern. Aber die Männer sind arbeitslos! Wer will auch so einen? Die kriegen Kindergeld, und die Einheimischen arbeiten.

Kurze Pause.

BISCHOF Eine Frau aus Malaysia, deren Sohn in London fast zu Tode geprügelt wurde, hat erzählt, sie kann das nicht verstehen, dass Menschen, die arbeiten, Menschen unterstützen, die nichts tun, denn in ihrem Land gibt es so was nicht. Entweder du arbeitest oder du arbeitest nicht. Wenn du nicht arbeitest, kriegst du auch nichts!

Kurze Pause.

BISCHOF Der Bekannte weiß, die Einheimischen können das schon nicht mehr verstehen. Der Staat hat kein Geld, aber Schulen werden für die andern Leute gebaut, und Kindergeld ausbezahlt!

ABSALON Wiedergutmachung, oder? Wie bei uns? Zahlen wir nicht auch? Und wissen gar nicht mehr, für wen?!

Kurze Pause.

BISCHOF Wenn diese Leute Gewaltverbrechen begehen, werden sie nicht verfolgt, weil sie dann die Beamten als Rassisten anklagen.

ABSALON Das höre ich zum ersten Mal!

BISCHOF Das dringt auch nicht an die Öffentlichkeit.

Kurze Pause.

BISCHOF Mein Bekannter hat erzählt, dass die alten Zäune mit den Eisenspitzen obendrauf, in England jetzt verboten werden, aus Sicherheitsgründen, weil, damit könnte man sich verletzen.

Kurze Pause.

BISCHOF Wenn bei dir eingebrochen wird und du greifst den Einbrecher an, kann er dich verklagen, weil du ihn angegriffen und verletzt hast. Irrsinn ist das!

Kurze Pause.

BISCHOF In Manchester hat ein Einbrecher eine Familie bedroht. Der Hauseigentümer hat ihn angeschossen. Daraufhin musste die Polizei die Ermittlungen einstellen und der Einbrecher ist freigesprochen worden.

Kurze Pause.

BISCHOF Ein alleinstehender Mann, der auf einem Hof lebt, wird ständig bedroht. Er kann bis heute nicht allein in sein Haus zurück, weil er immer wieder angegriffen wird.

ABSALON Der Bekannte, von dem du da erzählst, hat der ein Haus?

BISCHOF Er hat ein Haus, aber noch nicht abbezahlt.

ABSALON Und, wurde bei ihm auch eingebrochen?

BISCHOF Nein, er hat eine Alarmanlage. Aber ohne Schlösser an Türen und Fenstern geht es nicht. In seiner Nähe hat jemand einen Fahrweg machen lassen, schon sind sie gekommen und haben die Steine geklaut. Und Kupferrohre, Gleise! Die kommen nachts, wenn nichts überwacht ist, und schneiden die Gleise raus. Das ist bares Geld für sie. Oder von abgestellten Lastwagen wird der Diesel abgezapft. Da haben sie einen erwischt, der hat alles zugegeben, aber vier Wochen später ist es wieder passiert. Und Schafe klauen sie auf der Weide, Kühe. Alles, was Geld bringt. In einen Kiosk haben sie eingebrochen, und die eingefrorenen Pizzas geklaut!

ABSALON Das ist ja unglaublich.

BISCHOF Die Zeitungen warnen nur, aber getan wird nichts dagegen. Es traut sich fast keiner mehr nachts auf die Straße. Die Politiker und Polizisten sind korrupt, erhalten fette Pensionen und Begünstigungen, wenn möglich noch einen kostenlosen Urlaub auf den Bahamas!

Kurze Pause.

BISCHOF Die einfachen Leute kriegen bloß Arbeitsverträge für ein Jahr, falls überhaupt. Wie kann man denn da leben, wenn man weiß, dass man nur für ein Jahr einen Vertrag hat, und dann, was ist dann? Man braucht zwei Jobs, mindestens. Die stellen keine Leute mehr ein, die sie behalten wollen. In England gibt's das schon seit Jahren nicht mehr. Die machen einen Betrieb auf und verkaufen ihn, wollen nur noch Gewinne machen.

Kurze Pause.

ABSALON Das ist ja furchtbar!

Kurze Pause.

BISCHOF Und die gehässigen Internet-Blogger, die anonym über andere Leute herziehen, sie verleumden, beschimpfen und in den Dreck ziehen. Die werden geschützt, laufen frei herum. Und keiner weiß, wer dahintersteckt!

Kurze Pause.

ABSALON Das irritiert mich jetzt, weil ich auch dazu neige, alles, was mir wichtig erscheint, aufzuschreiben. Nur veröffentliche ich es nicht.

Kurze Pause.

BISCHOF Wahrscheinlich hast du jetzt ein neues Thema.

Kurze Pause.

ABSALON Nein, ich zeichne und führe Tagebuch. Ich schreibe auf, was mich bewegt, was ich lese. Auch das Wetter. Wann und wo ich mich mit wem getroffen habe und so weiter. Das ist manchmal sehr lustig. Zum Beispiel habe ich gelesen, dass letztes Jahr gar nicht so viel Schnee gefallen ist, wie ich dachte. Außerdem habe ich einen FRAGENKATALOG aufgestellt, an den ich mich halte, so gut es geht.

BISCHOF Wie lautet denn der?

Absalon blättert in seinem Buch.

ABSALON WER HAT MIR WEITERGE-HOLFEN?

Kurze Pause.

ABSALON WER HAT MICH ABGELEHNT?

Kurze Pause.

ABSALON WARUM?

Kurze Pause.

ABSALON WAR ICH GEGEN IHN?

Kurze Pause.

ABSALON WER HAT MICH BEEINDRUCKT?

Kurze Pause.

ABSALON WEN GIBT ES NICHT MEHR?

Kurze Pause.

ABSALON WAS WEISS ICH GENAU?

Kurze Pause.

ABSALON WO WAR ICH?

Kurze Pause.

ABSALON WAS HAB ICH GETAN?

Kurze Pause.

ABSALON UND FÜR WEN?

Kurze Pause.

BISCHOF Klingt nach Selbsterforschung.

Kurze Pause.

BISCHOF Damit könntest du in der Schule Vorträge halten!

Kurze Pause.

BISCHOF Mit den Schülern arbeiten.

Kurze Pause.

ABSALON Ich?

Kurze Pause.

BISCHOF Ganz groß rauskommen!

Kurze Pause.

ABSALON Nein, meine Ansichten haben mit der Allgemeinheit nichts zu tun. Ich muss nicht leben von der Kunst, da dränge ich mich nicht auf. Ich habe keine Förderer oder Sponsoren, ich muss niemandem gefallen. Ich stelle Sachen in Frage, die andere akzeptieren. Und mit Schülern habe ich noch nie GEARBEITET. Womöglich würde ich denen etwas erzählen, was der Schulleitung nicht passt.

Kurze Pause.

ABSALON Die meisten Sachen entstehen sowieso spontan, das kann man nicht lernen. Entweder man hat es oder man hat es nicht. Ich habe viele Jahre versucht, meine Gedanken festzuhalten, mich sozusagen bei der Arbeit selbst erforscht, alles niedergeschrieben. Das würde den Schülern aber nicht weiterhelfen. Einer, der Künstler werden will, wird es auch ohne mich. Wichtig wäre, dass man seine eigene Arbeit nicht negativ bewertet, sich nicht kümmert um Sachen, die einen nicht weiterbringen.

Kurze Pause.

ABSALON Dazu fällt mir ein Buch ein, das wir als Kinder aus der Schulbücherei ausleihen konnten. Es ging um Soll und Haben. Ich habe zuhause davon erzählt. Und meine Schwester, die Besserwisserin, sagte: Das verstehst du nicht. Das ist zu hoch für dich! Was ist zu hoch für mich, fragte ich. Das brauchst du nicht, das ist nichts für dich, wiederholte sie. Trotzdem habe ich mich dafür interessiert. Schlussendlich brachte es mich aber doch nicht weiter.

Kurze Pause.

ABSALON Ich bin eigentlich ein positiver Mensch, auch wenn ich manchmal enttäuscht werde. Im Grunde ist mir alles recht. Ich mag den Rasenmäher vom Nachbarn, sein Motorgeräusch erinnert mich daran, dass ich nie ein Haus haben wollte. Es ist manchmal meine Schwäche, die mich stärkt. Es gibt genügend Leute, die mir den Weg versperren, oft nur mit einem Wort!

BISCHOF Und was wäre das für ein Wort?

Absalon blättert in seinem Buch.

BISCHOF Sag schon.

74

Kurze Pause.

ABSALON HAKENKREUZ.

Kurze Pause.

ABSALON NAZI.

Kurze Pause.

ABSALON JUDE.

Kurze Pause.

ABSALON KZ.

Kurze Pause.

BISCHOF Was soll das?

Kurze Pause.

ABSALON Ich werde immer wieder daran erinnert!

Kurze Pause.

BISCHOF Wahrscheinlich, weil du ein Deutscher bist.

Kurze Pause.

ABSALON Du etwa nicht?

Kurze Pause.

ABSALON NACHHALTIGKEIT.

Kurze Pause.

BISCHOF Was?

Kurze Pause.

ABSALON INTIM.

Kurze Pause.

BISCHOF Du übertreibst!

Kurze Pause.

BISCHOF Oder wird das jetzt ein Fragespiel?!

Kurze Pause.

ABSALON Wer ist noch intim?

Kurze Pause.

ABSALON *streng* Niemand! Maschinen sind intimer als Menschen, weil sie nichts wissen. Wir wissen es, und wollen alles wissen. Aber das nützt

uns nichts. Auch wenn wir wissen, dass das Öl die
Meere verseucht, machen wir weiter wie bisher!

Kurze Pause.

ABSALON Ich mag, was andere nicht mögen.
Und das bringt mich als Künstler oft ins Abseits.

BISCHOF Das glaube ich nicht!

Kurze Pause.

ABSALON KURZ DAVOR wäre wichtiger als
DANACH!

Kurze Pause.

BISCHOF Ich glaube, wenn du über all jene, die
heute das Gegenteil von dem behaupten, was sie
gestern gesagt haben, hinwegkommst, musst du dir
keine Sorgen mehr machen.

Kurze Pause.

BISCHOF Dann kannst du loslegen und zeigen,
was du kannst.

Kurze Pause.

BISCHOF Dann gilt alles, was du machst.

Kurze Pause.

BISCHOF Und alle andern wollen sein wie du!

Kurze Pause.

ABSALON Ich glaube, wir kommen uns immer näher.

Kurze Pause.

BISCHOF Man sollte viel mehr Freunde haben im Leben.

Kurze Pause.

ABSALON Ja, ein jeder Mensch sollte in jedem Land einen Freund haben.

Kurze Pause.

BISCHOF Und alle Menschen hätten einen Freund.

Kurze Pause.

ABSALON Dann ginge es der Welt auch besser.

Kurze Pause.

BISCHOF Genau.

Kurze Pause.

ABSALON Das wäre einfach wunderbar!

Kurze Pause.

ABSALON Ob das wohl alles stimmt?

Kurze Pause.

BISCHOF Wahrscheinlich nicht –

Absalon und Bischof schauen sich nachdenklich an, kichern belustigt, stehen auf und gehen im Kreis, bleiben stehen, gehen weiter, bekommen einen nicht mehr enden wollenden Lachanfall, während das Prelude der Cellosuite Nummer 1, BWV 1007 erklingt.

- E N D E -

Callas

Personen

DIE FRAU
DER JUNGE MANN
PASSANT
BEDIENUNG

*Eine ältere Frau, Klassikliebhaberin, schwer
erkrankt, sitzt mit einem jungen Mann an
einem Tisch im Biergarten. Sie fantasiert über
Maria Callas, über einen Bauernhof und eine
Erbschaft, über die Zeit, als sie noch ein junges
Mädchen war, stimmt am Ende, während bereits
ein schweres Gewitter aufzieht, aus Bellinis Oper
„I Puritani" mit trügerischem Hochgefühl die
Wahnsinnsarie der Elvira an.*

Die Bühne stellt einen kleinen Biergarten dar.
An einem Tisch, vis-à-vis zum Publikum, sitzt
die Frau, links von ihr, mit ausgestreckten Beinen,
der junge Mann. Im Hintergrund ein Schild mit
der Aufschrift BIERGARTEN, ansonsten nur
leere Tische und Stühle. Man merkt sogleich,
dass mit der Frau etwas nicht stimmt, maskenhafte
Gesichtszüge, unkontrollierte Handbewegungen.
Wenn sie ihren kahlgeschorenen Kopf hebt und
dem jungen Mann etwas erzählt, der im Gegensatz
zu ihr nachlässig gekleidet ist (Pferdeschwanz,
Vollbart, T-Shirt und Jeans), blickt sie immer
ins Leere. Auf dem Tisch zwei Maßkrüge, eine
große Breze, von der die beiden jeweils ein Stück
abbrechen und essen. Die Frau beginnt zu
erzählen von einem Bauernhof, einer Erbschaft,
von Maria Callas, Fantasien und Geschichten
von früher, die sich im Nachhinein mosaikartig
zusammensetzen, während der junge Mann mit
dem Kopf nickt, Gegenfragen stellt, sich am
Gespräch beteiligt oder teilnahmslos in einem
Taschenbuch blättert, das vor ihm auf dem Tisch
liegt.

Der Vorhang geht auf. Die Frau und der junge Mann sitzen schweigend am Tisch. Die Frau betrachtet ihre Fingernägel. Der junge Mann ist in ein Taschenbuch vertieft.

DIE FRAU Im Sommer wachsen die Fingernägel viel schneller.

Kurze Pause.

DIE FRAU Jetzt habe ich sie erst letzte Woche gefeilt!

Kurze Pause.

DER JUNGE MANN *schaut kurz von seinem Taschenbuch auf* Sie sollten sie zwischendurch auch mal schneiden.

Kurze Pause.

DIE FRAU Meinen Sie, ja?

Kurze Pause.

DER JUNGE MANN Das täte ihnen bestimmt gut.

Kurze Pause.

DIE FRAU *hält eine Hand gegen das Licht* Unglaublich!

Kurze Pause.

DIE FRAU Es geht alles so schnell.

Kurze Pause.

DIE FRAU Wann war das jetzt?

Kurze Pause.

DIE FRAU Dreiundfünfzig?

Kurze Pause.

DIE FRAU Aida.

Kurze Pause.

DIE FRAU Salzburg oder Venedig?

Kurze Pause.

DIE FRAU *schaut über das Publikum hinweg* Ist das eine Fichte da drüben, oder täusche ich mich?

Kurze Pause.

DIE FRAU Waren wir schon mal hier?

Kurze Pause.

DER JUNGE MANN Nicht dass ich wüsste.

Kurze Pause.

DIE FRAU Wenn es die Fichte nicht mehr gibt,
die den Wind abhält und Nistplätze bereithält für
die Amseln und Elstern, die sich so schöne
Luftkämpfe liefern vor unserem Haus, dann
weht ein anderer Wind.

Kurze Pause.

DIE FRAU Als ich noch Kind war, war der
Himmel am Abend so blau wie am Morgen,
und der Abendstern hat sich hinter dem Mond
versteckt.

Kurze Pause.

DIE FRAU *kichernd* Echt wahr!

Kurze Pause.

DIE FRAU Die Leute sind so verschlossen,
und ich könnte den ganzen Tag reden.

Kurze Pause.

DIE FRAU *blickt auf das Taschenbuch, in dem
der junge Mann liest* Es gibt Zitate in Büchern, bei
denen ich vergeblich versuche, das Buch zu finden,

aus dem das Zitat stammt.

Kurze Pause.

DIE FRAU Wie ich diese zweispaltigen Herkunftsnachweise hasse, in denen ich bloß die Namen der Autoren, nicht aber die Seitenangabe ihrer Beiträge finde.

Kurze Pause.

DIE FRAU Früher war alles besser.

Kurze Pause.

DIE FRAU *trotzig* Oder etwa nicht?

Kurze Pause.

DIE FRAU Wo gibt es heute noch eine Maria Callas?

Kurze Pause.

DIE FRAU Wie die Zeit vergeht.

Kurze Pause.

DIE FRAU Alle zehn Jahre braucht man jetzt einen neuen Wasserhahn, der früher dreißig Jahre lang gehalten hat.

Kurze Pause.

DIE FRAU Und ich?

Kurze Pause.

DIE FRAU Manchmal bin ich am Mittag schon müde.

Kurze Pause.

DIE FRAU *hebt ihren Kopf* Ist das jetzt eine Fichte, oder nicht?

Kurze Pause.

DIE FRAU Und die Kastanie da drüben?

Kurze Pause.

DIE FRAU Stirbt schön langsam.

Kurze Pause.

DIE FRAU Was früher war, davon hört man nur Gerüchte, ob es stimmt, weiß man nicht, es wird so viel gelogen, und die Geschichtsschreibung stimmt auch nicht.

Kurze Pause.

DIE FRAU Nichts stimmt!

Kurze Pause.

DIE FRAU Alle reden von Veränderung.

Kurze Pause.

DIE FRAU Nur bei mir hat sich nichts geändert.

Kurze Pause.

DIE FRAU Auch wenn ich schon früh weggegangen bin von zuhause.

Kurze Pause.

DIE FRAU Ich bin jetzt Geschäftsführerin, habe ich gesagt, ihr könnt mich alle gernhaben, ich bin jetzt die Agentin von Maria Callas, es ist nur eine kleine Firma, aber es macht Spaß.

Kurze Pause.

DIE FRAU Die Menschen sind alle anders heute.

Kurze Pause.

DIE FRAU Aber ich bin noch immer dieselbe.

Kurze Pause.

DIE FRAU Was geht es die Leute an, dass ich von einem Bauernhof stamme?

Kurze Pause.

DIE FRAU Ich mache es gerne, habe ich gesagt, das freut uns, meinten sie, und alle fingen zu lachen an, ein großer Verlag hat mein Manuskript angenommen, habe ich erklärt.

Kurze Pause.

DIE FRAU Ich habe die Biografie von Maria Callas geschrieben!

Kurze Pause.

DIE FRAU Wenn man will, kann man alles.

Kurze Pause.

DIE FRAU Aber nur, wenn man will.

Kurze Pause.

DIE FRAU Habe ich gesagt.

Kurze Pause.

DIE FRAU Das ist alles ganz intensiv geworden, ich habe die Vergangenheit bearbeitet, oder wie soll ich sagen.

Kurze Pause.

DIE FRAU Jeder hat so seine Erinnerungen, von denen der andere nichts weiß.

Kurze Pause.

DIE FRAU Ich habe zum Beispiel einiges gehört über den Bauernhof, und wer damals alles noch gelebt hat.

Kurze Pause.

DIE FRAU Es ist auch nur um die Vergangenheit gegangen, weil ich so lange nicht mehr dort war.

Kurze Pause.

DIE FRAU Wann ist sie jetzt eigentlich gestorben?

Kurze Pause.

DIE FRAU Mein Gott, es stimmt, ich kann es mir gar nicht mehr vorstellen, ich bin in dieser Zeit gar nicht groß geworden, aber andererseits geht es vielen so.

Kurze Pause.

DIE FRAU Soll man hundert Jahre warten, bis

man es weiß, alles, meine ich, das geht ja nicht.

Kurze Pause.

DIE FRAU Dann kommt vielleicht jemand und verspricht dir den Himmel auf Erden, bringt dir noch ein Päckchen Kaugummi und eine Tafel Schokolade, was es damals gar nicht gab, oder?

Kurze Pause.

DIE FRAU Ja, das muss gewesen sein, so Anfang, ich weiß nicht, da habe ich auch meine Tante getroffen.

Kurze Pause.

DIE FRAU Es war wirklich der Wahnsinn!

Kurze Pause.

DIE FRAU Da gab es nicht nur den Strand und das Meer, auch Diskotheken, Restaurants und die geschäftstüchtigen Immobilienmakler.

Kurze Pause.

DIE FRAU Wie herablassend die Journalisten über sie berichtet haben, als sei sie gar nichts!

Kurze Pause.

DIE FRAU Einer hat behauptet, er hätte alle Aufnahmen von ihr, nicht sämtliche, ALLE, hat er gesagt, als ich ihn dann besuchte, zeigte er mir drei Schallplatten und eine CD, ich fing zu lachen an, mehr hat sie nicht gemacht, meinte der Dummkopf.

Die Frau hört zu reden auf, betrachtet ihre Fingernägel.

Der junge Mann beobachtet sie.

DIE FRAU *beugt sich zu dem jungen Mann hinüber* Ich bin froh, dass Sie gekommen sind.

Der junge Mann lächelt.

DIE FRAU *hebt ihren Bierkrug* Prost!

Der junge Mann und die Frau prosten sich zu, trinken, wischen sich den Schaum von den Lippen.

DIE FRAU Vielleicht komme ich nächstes Mal mit dem Hubschrauber.

DER JUNGE MANN *schmunzelnd* Die haben aber keinen Landeplatz, schauen Sie, alles so eng.

DIE FRAU Im Biergarten, meinen Sie?

DER JUNGE MANN Nein, da können Sie nicht landen!

DIE FRAU Dann seile ich mich halt ab.

DER JUNGE MANN Haben Sie denn einen Piloten dabei?

DIE FRAU Logisch, ich hab ja keinen Flugschein.

DER JUNGE MANN Nein?

DIE FRAU Ich muss halt fliegen lassen.

DER JUNGE MANN Sie lassen fliegen?

DIE FRAU Ich muss mich halt dann fliegen lassen!

Beide lachen, prosten sich nochmal zu.

DIE FRAU *fantasiert weiter* Es ist inzwischen schon so, dass die Tante ein bisschen angeschoben hat, dass wieder ein Kontakt entsteht, ich glaube, sie will mich treffen, die Nachbarn reden ja auch nur das Nötigste mit ihr, aber untereinander können sie es, als seien sie die besten Freunde, und hintenherum richten sie sich aus.

Kurze Pause.

DIE FRAU Ich habe lang zu ihnen gehalten, ich habe sie gern gehabt, wir haben uns immer gut unterhalten, viel miteinander gespielt, aber als es dann losgegangen ist, ich allmählich kapiert habe, wie falsch sie sind, ist der Kontakt abgebrochen, wenn sich die Alten nicht mehr sehen, sehen sich die Jungen auch nicht mehr, das kommt dann so mit der Zeit, ich habe auch andere Freunde gehabt, die Oma ist damals krank geworden und wurde bei uns einquartiert, sie hat nicht mehr lange zu leben, man weiß ja, dass sie sterben muss, haben alle gesagt, aber wir haben es nicht geglaubt.

Kurze Pause.

DIE FRAU Und der Mann, wenn er gesagt hat, links, hat er gemeint, jetzt springen gleich alle nach links, die Oma hat gesagt, Moment, ich war jetzt achtzig Jahre lang auf dem Hof, da werde ich wohl noch ein Wörtchen mitreden dürfen!

Kurze Pause.

DIE FRAU Nein, eigentlich war es anders.

Kurze Pause.

DIE FRAU Das war erst, nachdem der Hof übergeben wurde, nachdem also der Opa gestorben ist und die Oma, dann erst, ein paar Jahre darauf, da ging das mit den Schulden los, sie haben ja die Oma ignoriert, waren nur unverschämt zu ihr, haben ihr oft mit Fleiß was angetan, ich habe mehrmals versucht mit ihnen zu reden, aber vergeblich.

Kurze Pause.

DIE FRAU Wie die Oma gestorben ist, da
haben alle gejammert, jetzt ist sie tot, ich habe
sie gemeinsam mit einer Krankenschwester
gewaschen und angezogen, das war bei uns
daheim, da ist sie gestorben, die Krankenschwester
hat gesagt, kannst du mir nicht helfen, natürlich,
hab ich gesagt, und als wir fertig waren, ist er
gekommen, der Erbe, der Schnösel, ich hab ihn nur
angeschaut und gesagt, weißt du was, jetzt kannst
du wieder gehen, du kannst dich schleichen, hab
ich gesagt, ab dem Zeitpunkt war er nur noch Luft
für mich.

Kurze Pause.

DIE FRAU Und was sich die andern alles erzählt
haben über die Sängerin, wie sie hergezogen sind
über sie, was ich eigentlich bei dieser Callas zu
suchen hätte, so spöttisch, und nie haben sie ihren
Vornamen genannt!

Kurze Pause.

DIE FRAU Ich bin höflich, wenn ich grüße,
grüßen mich die andern auch, ich wollte mich nicht
einmischen, ich habe nur gehört, dass nicht mehr
geredet wird miteinander, dass die sich gar nicht
mehr grüßen, ich habe nicht gewusst, um was es
eigentlich geht, ich war einfach der Meinung, es

97

wäre nicht gut, wenn ich mich auch noch
einmischen würde, ich wollte nicht darüber reden,
im Grunde nichts damit zu tun haben, weil das
wird ja dann alles so groß.

Kurze Pause.

DIE FRAU Natürlich hat Mama gemeint, sie hätte
den Hof weiter gemacht, aber das war nicht der
Punkt, wir haben auch noch jahrelang bei der
Kartoffelernte mitgeholfen, also, wenn das so
gewesen wäre, hätte das viel früher passieren
müssen, aber erst fünf Jahre später ist es
losgegangen, die haben alle gewusst, dass der
Hof nicht mehr so läuft, einer allein hätte das
auch nie geschafft.

Kurze Pause.

DIE FRAU Und immer sind sie über die Sängerin
hergezogen, diese Bauernrüpel, bist du noch ganz
dicht, haben sie gesagt, was willst du denn mit der
Callas, und das hat mir richtig wehgetan!

Kurze Pause.

DIE FRAU Das ist ja furchtbar, hab ich gedacht,
das gibt es gar nicht, jetzt geht es bei uns auch los,
ich hab mich wahnsinnig geärgert, die konnten
nicht ohneeinander sein, auch sonst, da hab ich
immer gesagt, das gibt es doch nicht, so haben
wir uns nie verhalten, aber da hat meine Mama

gemeint, das habe mit ihr nichts zu tun.

Kurze Pause.

DER JUNGE MANN Wissen Sie, ob da etwas geschrieben wurde, ein Testament, bei einem Notar?

Kurze Pause.

DIE FRAU Davon weiß ich nichts.

Kurze Pause.

DIE FRAU Ich weiß überhaupt nichts, ich war immer die Letzte, die etwas erfahren hat.

Kurze Pause.

DIE FRAU Das Licht in der Dämmerung hat mich müde gemacht, dann ist es passiert, wenn der Unfall nicht gewesen wäre, hat es bloß geheißen, später kamen diese Gedanken, aber denen bin ich noch Herr geworden, wenn bloß diese Unsicherheit nicht wäre, habe ich immer gedacht, was erwartet dich zuhause, wie geht es weiter ohne Familie, und der Streit ums Geld, weil das Geld ja immer das Wichtigste war, nur haben es die andern nie zugegeben.

Kurze Pause.

DIE FRAU Mein Neffe, bei dem ich Taufpatin bin, hat eine große Auszeichnung erhalten, er wollte mich zu seiner Feier einladen, aber ich musste absagen, weil das die Hochphase war mit der Sängerin und all den Konzerten.

Kurze Pause.

DIE FRAU Ich habe auch eine Freundin, die mag Maria Callas nicht, ich weiß nicht warum, manchmal telefoniere ich mit ihr, dabei komme ich vom Hundertsten ins Tausendste, weil sie immer dazwischenredet, was ich wirklich sagen wollte, weiß ich dann nicht mehr.

Kurze Pause.

DIE FRAU Also, es gibt da einen ganz Raffinierten in der Familie, der hat mich immer ignoriert, der war die ganze Zeit bei der Mama, hat sich bloß mit Computern beschäftigt, mehr oder weniger zuhause den ganzen Strom verbraucht, das hat mich wahnsinnig geärgert, arrogant und so was von oben herab, bei seiner Hochzeit hat er Friedenstauben aufsteigen lassen, ganz eitel und selbstgefällig, und alle hat er ausgetrickst!

Kurze Pause.

DIE FRAU Einmal ist seine Frau gekommen, hat sich angebiedert, dass es mir fast peinlich wurde,

was ich beruflich mache, und was genau, wollte sie
wissen, und bei dem Wort Maria Callas ist sie fast
in Ohnmacht gefallen, die war genau das Gegenteil
von ihm.

Kurze Pause.

DIE FRAU Doch was mich am meisten geärgert
hat, das war die Hochzeit, da geht man doch hin
und bringt dem Brautpaar ein Geschenk, da hat
er nur gegrinst, etwas gesagt, was ich nicht
verstanden habe, so ungefähr, hast du auch was
Gescheites mitgebracht, und das Geschenk hat er
in der Hand gehalten, als wäre es ein Stück Dreck,
ich bin vielleicht eine Sekunde zu lange vor ihm
gestanden, weil ich gewartet habe auf eine
Reaktion von ihm, aber da ist er schon zur
Nächsten, hat seine Hand der Nächsten
hingehalten, so auf die Art, was willst du noch
hier, so als wäre ich gar nicht vorhanden, da war
es aus für mich, dieser Wichtigtuer hat alles
erhalten, es ist mir fast so vorgekommen, als
hätte Mama das absichtlich gemacht!

Kurze Pause.

DIE FRAU Er ist der alleinige Nutznießer, und er
hat das alles vorher gewusst, er allein, und er wird
sich gedacht haben, nein, da lasse ich mich jetzt
auf keine Gespräche mehr ein.

Kurze Pause.

DIE FRAU Hätte mir das jemand vorher gesagt, ich hätte es nicht geglaubt.

Kurze Pause.

DIE FRAU Und wie ich heute die Freude und Liebe vermisse im Leben!

Kurze Pause.

DIE FRAU Gut, wenn wir uns zusammengesetzt hätten, uns einig geworden wären, dann hätte ich gesagt, da steht mir die Hälfte zu.

Kurze Pause.

DIE FRAU Also dass man sich einfach wieder in die Augen schauen kann, aber nichts, ich bin seitdem nicht mehr nachhause gefahren, das habe ich nicht eingesehen, nein, wenn, dann sollen die doch auf mich zukommen, hab ich gedacht, aber kein Anruf, nichts.

Kurze Pause.

DIE FRAU Dann kam auch noch diese große Geburtstagsfeier von Mama, sie wollte unbedingt, dass ich dabei bin, da hab ich gesagt, nein, das mache ich nicht, ich kann nicht, nein, treffen wir uns ein andermal, nur wir zwei, überall, bloß nicht im Haus von diesem Schmarotzer!

Kurze Pause.

DIE FRAU Ein Jahr später haben wir uns dann in einer Gastwirtschaft getroffen.

Kurze Pause.

DIE FRAU Da kamen sie plötzlich alle daher, die ganze Verwandtschaft, haben gesungen und gejodelt, und ich konnte nicht mehr zurück, so verletzend und affektiert waren sie, Mama hat zu weinen angefangen, und ich musste sie trösten, weil sie auch nichts gewusst hat davon.

Der junge Mann steht unverhofft auf, legt das Buch auf den Tisch, macht einen Schritt zur Seite.

DIE FRAU *verängstigt* Wo gehen Sie denn hin?

Kurze Pause.

DER JUNGE MANN *bleibt stehen* Ich muss mal.

Kurze Pause.

DER JUNGE MANN *lächelnd* Für kleine Jungs.

Kurze Pause.

DIE FRAU Ja dann!

Der junge Mann geht weg.

Die Frau richtet sich im Sessel auf, breitet ihre Arme aus, als würde sie dirigieren.

Betrachtet ihre Fingernägel.

DIE FRAU Im Sommer wachsen sie viel schneller.

Kurze Pause.

DIE FRAU Dabei hab ich sie letzte Woche gefeilt.

Kurze Pause.

DIE FRAU Ich glaube, ich sollte sie wieder mal schneiden.

Kurze Pause.

DIE FRAU Das täte ihnen gut.

Kurze Pause.

DIE FRAU *hält eine Hand gegen das Licht* Unglaublich.

Kurze Pause.

DIE FRAU Es geht alles so schnell.

Kurze Pause.

DIE FRAU Wann war das jetzt?

Kurze Pause.

DIE FRAU Dreiundfünfzig?

Kurze Pause.

DIE FRAU Venedig oder Sirmione?

Kurze Pause.

DIE FRAU Nein!

Kurze Pause.

DIE FRAU *schaut wieder über das Publikum hinweg* Ist das jetzt eine Fichte, oder täusche ich mich?

Kurze Pause.

DIE FRAU Wo er nur bleibt? *Beugt sich vor und zurück. Bleibt bewegungslos sitzen. Schließt die Augen.*

Motorengeräusch eines Flugzeugs.

Vogelgeschrei.

Vollkommene Stille.

Der junge Mann kehrt an den Tisch zurück, setzt sich.

Die Frau öffnet wieder ihre Augen.

DER JUNGE MANN Alles in Ordnung?

Kurze Pause.

DIE FRAU Ich weiß nicht.

Kurze Pause.

DIE FRAU Es war auf einmal so still.

Kurze Pause.

DER JUNGE MANN *steht auf, richtet seine Hose* Ich glaube, das Wetter schlägt um.

Kurze Pause.

DIE FRAU Glauben Sie?

Der junge Mann setzt sich wieder, vertieft sich in das Taschenbuch.

DIE FRAU Ich habe schon lange keine Zeitung

mehr gelesen.

Kurze Pause.

DIE FRAU Ich bin überhaupt nicht informiert.

Kurze Pause.

DIE FRAU Haben wir schon Krieg?

Kurze Pause.

DIE FRAU Ich weiß nichts!

Kurze Pause.

DIE FRAU Ich weiß nicht einmal, wie sie sich das vorstellen, wenn sie mal krank werden, weil da weiß ja niemand was.

Kurze Pause.

DIE FRAU Er allein bekommt das Haus, haben die andern gesagt.

Kurze Pause.

DIE FRAU Also kriegt er es und muss die andern auszahlen, dann hat er das Haus, und was macht er?

Kurze Pause.

DIE FRAU Er bekommt das Haus, haben sie gesagt.

Kurze Pause.

DIE FRAU Es ist alles so kompliziert geworden.

Kurze Pause.

DIE FRAU Ich weiß gar nichts!

Kurze Pause.

DIE FRAU Wie spät haben wir es eigentlich?

Kurze Pause.

DER JUNGE MANN *greift in die Hosentaschen* Ich habe mein Handy vergessen.

Kurze Pause.

DIE FRAU Und welchen Tag haben wir?

Kurze Pause.

DER JUNGE MANN Heute ist Sonntag.

Kurze Pause.

DIE FRAU Aaah, wissen Sie, dass ich an einem

Sonntag geboren bin?

Kurze Pause.

DER JUNGE MANN Ein Sonntagskind also?

Kurze Pause.

DIE FRAU *mehr zu sich selbst* Ja, es stimmt schon!

Kurze Pause.

DIE FRAU Mit zwanzig hab ich zum ersten Mal Maria Callas gehört, da hab ich gewusst, was ich machen werde.

Kurze Pause.

DIE FRAU Die Leute tun immer so unbekümmert, als wäre nichts passiert, die verlogene Bande, alle haben sich lustig gemacht über sie, aber ich habe zu ihr gehalten!

Kurze Pause.

DIE FRAU *dreht ihren Kopf zur Seite* Hat da drüben vielleicht jemand die Heimatzeitung liegen lassen, dieses Käseblatt?

Kurze Pause.

DIE FRAU Die schreiben alle voneinander ab, und immer nur dieses farblose, ausgewaschene Zeug, das keinen mehr interessiert.

Kurze Pause.

DIE FRAU Meine Biographie haben sie nicht angenommen, überhaupt nicht erwähnt, die glauben wahrscheinlich, sie gehören der Hochkultur an, dabei wissen sie nicht einmal, wie man CALLAS schreibt, geschweige denn was sie gleistet hat, ich wollte in der Redaktion anrufen, aber dann hab ich es doch gelassen.

Kurze Pause.

DIE FRAU Soll ich ihnen vielleicht schreiben, nein, die sind meine Gedanken ja gar nicht wert.

Kurze Pause.

DIE FRAU Manchmal schreibe ich meiner Freundin einen Brief.

Kurze Pause.

DIE FRAU Aber wer schreibt heute noch Briefe?

Kurze Pause.

DIE FRAU Ich nicht, hat sie gesagt.

Kurze Pause.

DIE FRAU Dafür trinkt sie sehr viel, und immer nur diesen billigen Fussel, dabei hat sie Geld wie Heu.

Kurze Pause.

DIE FRAU Das darf man aber nicht sagen.

Kurze Pause.

DIE FRAU Letzte Woche hat sie mir ein Foto von dieser Schauspielerin geschickt, die sieht wirklich alt aus, wie heißt sie gleich wieder?

Kurze Pause.

DIE FRAU Ich vergesse auch alles.

Kurze Pause.

DIE FRAU Es stimmt schon, hab ich zu meiner Freundin gesagt, alles braucht seine Zeit, auch das Altwerden, darauf hat sie nichts mehr gesagt, weil sie viel älter ist als ich.

Kurze Pause.

DIE FRAU *dreht wieder ihren Kopf zur Seite* Ach, das ist ja überhaupt keine Zeitung, das ist ja der Putzlappen von der Bedienung.

Kurze Pause.

DIE FRAU *ihre Fingernägel betrachtend* Ich hoffe, dass ich das Älterwerden gut überstehen werde.

Kurze Pause.

DIE FRAU Ich war ja so verzweifelt damals, ich hab Mama gefragt, hast du das gewusst, nein, hat sie gesagt, aber wahrscheinlich hat sie es doch gewusst, ich weiß es ja nicht, und wenn, hätte es anders laufen müssen, dann sagt man das doch zuallererst, dass man wenigstens Bescheid weiß, und ob man das überhaupt will, wäre eine andere Sache, von mir aus auch völlig unvorbereitet, wie es vielleicht war, dann hätten die andern auch sagen können, hast du nachher noch ein wenig Zeit, dass wir miteinander reden, etwas in der Art, aber nichts ist geschehen, nichts!

Kurze Pause.

DIE FRAU Und ich Idiotin bin da hingegangen, jetzt noch, im Nachhinein ärgere ich mich, bin ich blöd, hab ich gedacht, eine andere hätte sich sowas nicht gefallen lassen, weil, ich hab es schon vorher gehört, meine Mama hat gesagt, wenn du eine Familie hättest, verheiratet und Kinder, dann wäre das anders, ganz ernst hat sie das gesagt, ich hab erst gar nicht darauf geantwortet, nur gelacht, sie

112

selbst lacht ja dann auch manchmal nach so einem Satz, und doch hab ich mir gedacht, hoppla, bist du tatsächlich so engstirnig oder tust du nur so, muss man denn geheiratet haben und Kinder haben, dass man noch zur Familie gehört?

Kurze Pause.

DIE FRAU Aber das hat sie bewusst gesagt, das ist ihre Einstellung, das weiß ich, auch wenn sie manchmal einfach nur drauflosplappert, solche Sachen sind aber gar nicht zur Sprache gekommen, als alle beisammen waren, und wenn, dann hätte es bloß geheißen, sei bloß still jetzt, und weil nicht darüber gesprochen wurde, haben sie sich auch ein bisschen geöffnet.

Kurze Pause.

DIE FRAU Selbst der Nachbar hat sich eingemischt, hat gesagt, dass er als Kind meine Tante nicht gemocht hat, weil bei der hätte man immer Bitte sagen müssen, daran kann ich mich nicht erinnern, ich hab meine Tante immer gemocht, das war nie ein Thema, doch, hat er gesagt, ich habe das so empfunden, das kann schon sein, hab ich gedacht, zwei Leute empfinden eine Situation immer anders, wahrscheinlich war es auch so eine Sache, wo man grundsätzlich anders reagiert, aber er ist ungern da hingefahren, wollte nur die Cousine besuchen, spielen mit ihr, immer wenn er gekommen ist, hat es bloß geheißen, sie hat keine Zeit, sie muss jetzt arbeiten, weil der Hof war ja da, und gearbeitet werden musste, nicht spielen.

Kurze Pause.

DIE FRAU Aber der war immer schon gescheiter als andere, auch über die Sängerin ist er hergezogen, die ist ja wahnsinnig, hat er gesagt, das ist ja eine Wahnsinnige, und mit so einer gibst du dich ab?

Kurze Pause.

DIE FRAU *hebt ihren Kopf* Wer war das jetzt?

Kurze Pause.

DIE FRAU Die Bedienung, oder?

Kurze Pause.

DIE FRAU Und wo sind die Gäste!

Der junge Mann blickt kurz vom Buch auf, sagt aber nichts.

DIE FRAU Sehe ich schon Gespenster?

Kurze Pause.

DIE FRAU *fantasiert weiter* Ich weiß schon, dass

114

damals nicht alles heile Welt war, ein jeder so seine Eigenheiten hatte, und dass sehr viel gearbeitet werden musste, das stimmt schon.

Kurze Pause.

DIE FRAU Wenn ich zurückdenke, wie man ausgenutzt wurde, und es war ja wirklich schwere Arbeit, sowas kann man heute gar nicht mehr bezahlen, darum holen sie auch die billigen Arbeitskräfte aus dem Ausland, weil das hier niemand mehr machen will.

Kurze Pause.

DIE FRAU Eine Gaudi hat es trotzdem gegeben, das muss ich sagen, auch wenn man bis spät in die Nacht arbeiten musste.

Kurze Pause.

DIE FRAU Mein Onkel war ein Vorbild für mich, nicht so wie die meisten Bauern damals, der hat sich nicht ins Wirtshaus gehockt und große Reden geschwungen, daran habe ich oft denken müssen.

Kurze Pause.

DIE FRAU Aber als ich nach vielen Jahren wieder mal hinfahren wollte, hab ich den Hof nicht mehr gefunden, das war ein Schock, wo früher Felder waren, stehen jetzt Häuser, die Erben habe ich schon gegrüßt, ja, aber mein ganzer Körper hat ihnen gegenüber nur noch Verachtung ausgestrahlt.

Kurze Pause.

DIE FRAU Schließlich bekam der Nutznießer auch die Antwort für seine Rücksichtslosigkeit, die Tochter war in einen Verkehrsunfall verwickelt, ich wollte sie besuchen im Krankenhaus, aber er war schon da, hat mich angeschnauzt, was willst du denn von ihr, was hast du hier verloren, da dachte ich nur, was kann denn das Kind dafür?

Der junge Mann blättert im Buch hin und her.

DIE FRAU Also wieder nichts, hab ich gedacht, die werden nicht einsichtig, soll das jetzt so weitergehen bis ans Lebensende?

Kurze Pause.

DER JUNGE MANN *mitfühlend* Das tut mir jetzt echt leid, was Sie mir da erzählen, wenn ich Ihnen helfen kann, sagen Sie es mir.

DIE FRAU Da kann mir niemand helfen.

Kurze Pause.

DIE FRAU Das ist mir inzwischen auch egal, als ich nämlich meine Mama zuletzt besucht habe im Pflegeheim, war ich allein mit ihr, wir haben uns nett unterhalten, ich glaube, zwei Stunden war ich bei ihr, ich weiß gar nicht mehr, um was es alles ging, sie hat nur gemeint, sie würde jetzt mit ihm reden, demnächst, aber sie hat nicht geredet mit diesem Betrüger, auch nicht beim letzten Mal, überhaupt nicht hat sie geredet mit ihm, und wenn, hat sie bloß an ihm vorbeigeredet.

Kurze Pause.

DIE FRAU Ich habe die Verwandtschaft vor der Kirche gesehen, die einen haben sich auf der linken Seite unterhalten und die andern auf der rechten, ich bin mir ziemlich deplatziert vorgekommen, wenn sich die nach der Messe für die Oma nicht mehr verstehen, was soll ich dann überhaupt noch hier?

Kurze Pause.

DIE FRAU Wenn ich an die Kinderzeit denke, an den Bauernhof, die Tiere, das Leben in der Natur, bleibt es eine schöne Erinnerung, natürlich haben wir auch gestritten als Kinder, aber das ist normal, nur hätte ich damals gewusst, wie sich alles entwickelt, hätte ich mich rechtzeitig auszahlen lassen.

Kurze Pause.

DIE FRAU Es stimmt schon, es gab viel Arbeit damals, aber jetzt ist alles tot.

Kurze Pause.

DIE FRAU Die Bauernhöfe sind auch nicht
mehr das, was sie waren, heute braucht man keine
Menschen mehr, dafür gibt es Maschinen, trotzdem
bin ich froh, dass ich das alles noch erleben durfte.

Kurze Pause.

DIE FRAU Ich freue mich, dass es noch ein paar
von den kleinen Geschäften gibt, da kaufe ich ein,
sonst haben ja nur noch die Einkaufszentren das
Sagen.

Kurze Pause.

DIE FRAU Natürlich, das ist die Zeit, das haben
sie auch im Fernsehen gebracht, das stirbt alles, die
kleinen Geschäfte haben keine Zukunft mehr,
haben sie gesagt.

Kurze Pause.

DIE FRAU Ich weiß nicht, wo das noch
hinführen soll.

Kurze Pause.

DIE FRAU Früher bin ich oft nach Italien
gefahren, da war alles noch schön und natürlich,
jetzt machen sie es den Deutschen nach,

Sonnenschirme und Liegen, die man über Nacht am Strand liegen lassen konnte, müssen jetzt weggeräumt werden, heißt es, weil sonst werden sie von den Stadtangestellten eingesammelt, und wenn die mal weg sind, siehst du sie nie wieder.

Plötzlich Hundegebell.

Streitgespräche.

DIE FRAU Was ist jetzt los?!

Geschrei.

DIE FRAU Kommen die jetzt mit den Hunden?

Hämisches Gelächter.

DER JUNGE MANN *steht auf und geht weg, kehrt bald wieder zurück* Sie sind schon verschwunden.

Kurze Pause.

DIE FRAU Ja?

Kurze Pause.

DIE FRAU Waren das die QUERDENKER, die das schöne Wort in den Schmutz ziehen, die denken ja gar nicht, die randalieren bloß, oder die Penner, die schon frühmorgens zum Doktor rennen, ihre Spritzen und Tabletten abholen, gruppenweise mit ihrer Flasche im Park rumlungern, jeder von denen hat ja schon einen Hund, für diese Typen brauchen wir jetzt auch noch STREETWORKER, da kriegt man doch Angst, obwohl sie wahrscheinlich gar nicht gefährlich sind.

Kurze Pause.

DER JUNGE MANN *spöttisch und laut* Manchmal denke ich, so ein kleiner Steinbruch täte nicht schaden!

Kurze Pause.

DER JUNGE MANN *setzt sich wieder* Aber das darf man nicht denken.

Kurze Pause.

DER JUNGE MANN Sagen schon gar nicht.

Kurze Pause.

DER JUNGE MANN Da sind Gestalten dabei, die nicht mehr zu vermitteln sind, nicht mal vierzig und schon auf der Straße.

Kurze Pause.

DIE FRAU Ich habe mich untersuchen lassen, da

hat mir der Arzt etwas aufgeschwatzt, von dem ich
später erfahren habe, das es Unsinn ist, nur gut für
den Geldbeutel vom Doktor, der bietet das an und
du musst es bezahlen, obwohl er genau weiß, dass
es überflüssig ist, man wird eingeschüchtert, weil
man glaubt, wenn ich das jetzt nicht mache, wer
weiß, ob ich nicht doch diese Krankheit habe?

Kurze Pause.

DIE FRAU Vor der Untersuchung war es
jedenfalls so, dass diese Geschädigten ins
Arztzimmer kamen und auch gleich
drangenommen wurden, als mich dann der
Herr Doktor fragte, ob ich krank sei, ich gar
nicht wusste, warum er das gefragt hat, hab
ich gesagt, nein, ich nicht, aber die, und er hat
sofort verstanden, wen ich gemeint habe, ist
aufgestanden, hat mir in die Augen geschaut und
einen Vortrag gehalten, hören Sie, hat er gesagt,
das mache ich aus Eigeninitiative, das geht alles
von mir aus, und immer lauter ist er geworden,
dass die Sprechstundenhilfe gekommen ist, nein,
das mache ich alles von mir aus, hat er wiederholt,
und ich habe darauf gesagt, die kosten uns doch
alle was, oder etwa nicht, da hat er nur milde
gelächelt und sich hingesetzt, die kommen doch
jeden Tag, hab ich gesagt, und bei Tausenden wird
das so fabriziert, oder nicht, nein, nein, hat er
wieder gesagt, DAS IST ALLES EIGENINITIA-
TIVE, DAS HAT MIT NIEMANDEM SONST
ETWAS ZU TUN, und ich habe gefragt, würden

Sie das auch den JOURNALISTEN erzählen oder den FERNSEHREPORTERN und zwar so, wie Sie es gerade gesagt haben, und wieder kam die Sprechstundenhilfe herein, da hat er nur noch gesagt, geben Sie der Frau ihr Geld zurück!

DER JUNGE MANN *interessiert* Und, haben Sie das Geld zurückerhalten?

Kurze Pause.

DIE FRAU Ja, die Sekretären hat mir das Geld für die Untersuchung wiedergegeben, aber ich wollte mich nicht wegen so einem Schmarren ins Unglück stürzen, bin ich denn verantwortlich für diese Idioten, nein, zum Schluss werde ich noch von der Krankenkasse gesperrt, jetzt, wo es mit meinen Zähnen losgeht und ich eine neue Brille brauche, und dann womöglich keine Unterstützung mehr bekomme.

Kurze Pause.

DER JUNGE MANN *sich allmählich öffnend* Ich habe mich vor kurzem über meine Freundin geärgert, die ist privat versichert, aber ich, ganz normal, muss wegen jedem Furz dazuzahlen, und weil sie vor kurzem einen Bandscheibenvorfall hatte, aber so schlimm, glaube ich, war es gar nicht, also, ich weiß nicht, ob ich dann gleich so auf Panik gemacht hätte, Kernspin und das ganze Programm, und es musste auch gleich die nächsten zwei Tage sein, da sagte ich nur, genau, ich hab einen Meniskus gehabt, ich hab gar nicht mehr laufen können, ich hab tagelang warten müssen, bis irgendwann gnädigerweise irgendwo ein Termin frei geworden ist für mich, aber sie kann sich bewegen, sagt vorwurfsvoll, was, erst in drei Tagen?

Kurze Pause.

DER JUNGE MANN Wie das alles verflochten ist, ob im Kleinen oder im Großen, ohne Beziehung hat man fast keine Chance mehr.

Kurze Pause.

DER JUNGE MANN Manchmal fahre ich in meiner Freizeit durch die Gegend, schaue mir was an, neulich bin ich auf einer Kunstmeile gelandet, Stahlkonstruktionen, vom Gorilla bis zur nackten Frau mit Riesenbrüsten, alle verrostet, weil so Werke müssen erst verrostet sein, dass sie als Kunstwerk durchgehen, und aufdringlich, vor jeder Ampel, am Parkplatz, überall diese Rosthaufen, im Grunde aber ganz kleinbürgerlich, weil alles gefördert und subventioniert wird, mit Kunst überhaupt nichts zu tun hat!

DIE FRAU *ernst* Jetzt bin ich wirklich froh, dass ich Sie nicht überbeanspruche, Sie noch genügend Freizeit haben.

Kurze Pause.

DER JUNGE MANN Freizeit, die habe ich,
ja, das ist kein Thema, das Einzige, was mich
manchmal stört, ist, dass ich schuften muss für ein
Jahr, um von vorne anfangen zu können, ich die
gleiche Leistung bringen muss wie im Vorjahr,
dass ich auch genügend Aufträge erhalte, dann
erst kann ich durchatmen, also, da mache ich
mir schon manchmal meine Gedanken.

Kurze Pause.

DER JUNGE MANN Aber ich habe auch einen
guten Draht zu meinen Patienten, ich bevormunde
sie nicht, und die meisten freuen sich, wenn ich
erscheine, das ist dann auch eine schöne
Rückmeldung und tut mir richtig gut.

Kurze Pause.

DER JUNGE MANN Ich habe einen Bekannten,
der bei einer Großbank in der Kasse beschäftigt
ist, der hat Stress von morgens bis abends, nur
zwischendurch schnell zum Mittagessen, selbst da
ist der Chef noch dabei, und gleich wieder zurück,
Telefonanrufe entgegennehmen, Geld zählen wie
im Akkord, nach ein paar Jahren hat er sich gesagt,
ich muss raus hier, sonst werde ich krank!

Kurze Pause.

DER JUNGE MANN Mir geht es auch schon so, dass ich manchmal voll bin bis obenhin, aber während einer Schulung stehe ich dann einfach auf und sage, ich bin jetzt eine Viertelstunde nicht erreichbar, gleich ums Eck rum ist eine Kirche, eine schöne, leicht schummrige, aber nicht zu finstere Kirche, auch nicht zu sehr überladen mit Kirchgängern, eine schöne Kirche, hat für mich etwas ganz Spezielles, mitten in der Stadt und absolut ruhig, und wirklich ganz wenig Leute drin, das ist so ein richtiger Ruheort für mich, und da hocke ich mich dann zehn Minuten hinein, einfach nur dass ich drin hocke, nichts mehr höre und sehe von den Problemen, und dann ist es wieder gut, dann kann ich wieder weiterarbeiten.

Kurze Pause.

DER JUNGE MANN Das habe ich meinem Bekannten erzählt, der hat keinen Fluchtpunkt, nichts, überall läuft dir da einer über den Weg, hat er gesagt, wie in einem Gefängnis, selbst auf der Toilette denkst du, neben dir sitzt einer, der auf dich aufpasst.

Kurze Pause.

DER JUNGE MANN Das ist bei mir schon anders, ich habe den Vorteil, dass ich nicht erklären muss, wo ich hingehe, sondern ich sage einfach, ich bin jetzt weg, ich habe einen Termin, und das ist schon angenehm.

Kurze Pause.

DER JUNGE MANN Ich sage mir auch oft, so lange du noch jung bist, packt das dein Körper, aber auf lange Zeit hin schnackelt es, wo, weiß ich nicht, aber schön langsam geht es bergab, das hat mir auch mein Bekannter bestätigt, der hatte in der Kasse einen Kollegen, der war über fünfzig und vielleicht, weil er verheiratet war, hat ihn der Chef gefördert, der hat den Posten bekommen, den er haben wollte, daraufhin hat er sich gedacht, ich lasse mich in eine andere Abteilung versetzen, aber das war auch nichts, er hat mir immer wieder erzählt, wie es in der Kasse war, da kannst du nicht einfach eine Viertelstunde rausgehen und das Telefon läuten lassen, hat er gesagt, weil die Banken anrufen und ihr Geld haben wollen, da musst du aufpassen wie ein Luchs, und wenn du nicht aufpasst, passiert es, da ist immer diese Angst dabei, ein Zahlendreher und du bist draußen, kaum hast du aufgelegt, läutet schon wieder das Telefon und du überlegst, was hat der vorhin gesagt, fünfzehn oder fünfzig Millionen, das war oft so schlimm, dass ich nicht mehr schlafen konnte.

Kurze Pause.

DER JUNGE MANN Da habe ich es schon besser.

Leichtes Donnergrollen.

DIE FRAU Ich bräuchte viel öfter einen
Ansprechpartner, weil es in dem Kaff hier nur um
Eishockey, korrupte Bürgermeister, Ringen oder
Fußball geht, von wegen klassische Musik, da
wird man nur belächelt, ich bin froh, dass ich
trotzdem an meiner Diskographie für Maria
Callas weiterschreiben kann, alle diese schönen
Schallplatten, die sie gemacht hat.

Kurze Pause.

DIE FRAU *schließt die Augen* Ich mag die
klassische Musik, auch die Moderatorin im Radio,
ich freue mich immer, wenn ich sie höre, vor allem
wenn sie eine Aufnahme von Maria Callas ansagt,
kommt es mir so vor, als wüsste sie, dass ich
zuhöre!

Kurze Pause.

DER JUNGE MANN Ich habe letzte Woche mit
meiner Freundin eine Radtour gemacht, wir haben
vor einer Anhöhe gehalten, was getrunken und
beratschlagt, wie wir weiterfahren sollen, da
kommt so ein Typ von oben herunter, den haben
wir zwar gehört, aber nicht gesehen, gesungen hat
er und gepfiffen, und plötzlich ist er vor uns
gestanden, richtig wild hat er ausgesehen, dass wir
uns gedacht haben, gehen wir lieber auf die andere
Seite, aber da stand er schon vor uns und hat
gelacht, König Bacchus hat mich beschenkt, wollt

ihr auch was, und hält uns eine Handvoll
Weintrauben hin, König Bacchus, hab ich gedacht,
wie bist denn du drauf, der war Kirchenmaler,
Restaurator, Kunsthistoriker, ein ganz schlauer
Fuchs, Napoleon hier und Schloss Sowieso dort,
der hat auch gemeint, die Leute hätten keine Zeit
mehr füreinander.

Kurze Pause.

DIE FRAU Komisch, da fällt mir die
Eiskunstläuferin ein, die ich im Fernsehen
gesehen habe, das gibt es gar nicht, hab
ich gedacht, schau dir mal dieses hässliche Entlein
an, so dicke Beine, unmöglich, eigentlich wollte
ich ausschalten, war aber so fasziniert, dass ich
nicht mehr wegschauen konnte!

*Der junge Mann und die Frau prosten
sich wieder zu, trinken, teilen die restliche
Breze, schauen sich belustigt beim Essen
zu.*

DER JUNGE MANN Da wo ich herkomme,
gibt es drei Tage lang Volksfest, da findet das
große Besäufnis statt, da nehmen sich die jungen
Leute eine Woche lang Urlaub, dass sie die
Nachwehen überstehen, die stehen um drei Uhr
auf, richten sich her im Retrotrachtenlook, nichts
Traditionelles, sondern was Krachertes muss es
sein, und dann rennen sie los, dass sie um halb
sechs allerspätestens dort sind, weil nachher kriegt

man keinen Parkplatz mehr, und in der früh um
sechs machen die Bierzelte auf, es dauert
auch keine fünf Minuten, dann ist alles voll, da
machen die Zelte auf und alle rennen rein wie die
Wahnsinnigen, und um fünf nach sechs sind die
Zelte voll!

Kurze Pause.

DIE FRAU *wie abwesend* Eigentlich habe ich
alles gesehen, was ich sehen wollte von der Welt.

Kurze Pause.

DIE FRAU *schließt ihre Augen* Am schönsten
war die Begegnung mit Maria Callas.

Starkes Donnergrollen.

*Der junge Mann streckt die Hand aus, blickt nach
oben.*

DIE FRAU Regnet es schon?

Kurze Pause.

DER JUNGE MANN Nein, das war
nichts.

Kurze Pause.

DIE FRAU Nein?

Kurze Pause.

DER JUNGE MANN *spielt mit seinem Bierkrug*
Gestern habe ich verschlafen.

Kurze Pause.

DER JUNGE MANN Ich bin aufgestanden und
gleich ins Badezimmer, da war die Katze drin.

Donnergrollen.

DIE FRAU *schmunzelnd* Was, im Badezimmer,
hat sie sich geduscht?

Kurze Pause.

DER JUNGE MANN Sie mag es nicht, wenn ich
ihr die Aufmerksamkeit nicht schenke, die sie sich
wünscht, sie schleicht dann so lange um mich
herum und miaut und miaut, streicht immer um die
Füße, so lange, bis man aufmerksam wird, ich war
dann schon fast angezogen, und sie schleicht
immer noch um mich herum, da hab ich gedacht,
mir pressiert es ja gar nicht, also streichle ich sie
noch ein wenig, und hab mich auf den Boden
gesetzt, da ist sie auf meinen Schoß gekrabbelt und
hat sich über meinen nackten Bauch gelegt, und
weil es ihr so gut ging, hat sie sich leicht eingerollt
und geschnurrt, und das hat so gekitzelt, also,
normalerweise setzt sie sich nicht auf meinen

130

Schoß, da lässt sie sich vielleicht eine Minute nur streicheln, aber diesmal hat sie sich quer über meinen Bauch gelegt, und das hat dann so eine beruhigende Wirkung auf mich gehabt, dass ich fast eingeschlafen wäre.

Kurze Pause.

DIE FRAU Vielleicht sollte ich mir auch eine Katze zulegen.

Kurze Pause.

DER JUNGE MANN Katzen sind wirklich praktisch, manchmal sehe ich sie drei Tage lang nicht.

Kurze Pause.

DIE FRAU Ja, wenn sie keinen Dreck hinterlassen?

Kurze Pause.

DER JUNGE MANN Nein, die ist stubenrein, nur einmal, und da war sie noch ganz klein, hat sie den Ausgang nicht gefunden, also, das war wirklich das einzige Mal, ansonsten ist das sogar sehr praktisch, da schicke ich sie in den Keller, die frisst nämlich die Weberknechte und beseitigt auch gleich die ganzen Spinnweben hinter der Wasch-maschine, einfach hervorragend macht sie das.

Donnergrollen.

DIE FRAU Die perfekte Putzfrau, was?

Kurze Pause.

DER JUNGE MANN Ja, da will sie aber dann gestreichelt werden.

Im Hintergrund erscheint ein Mann, bleibt stehen und blickt sich um, geht schnell wieder weiter.

DER JUNGE MANN *zu sich selbst* Soll ich jetzt lachen oder was, natürlich hat er mich erkannt!

Kurze Pause.

DIE FRAU Wer?

Kurze Pause.

DER JUNGE MANN Ein Kollege, merkwürdiger Typ, wahrscheinlich dachte er, jetzt bleibe ich absichtlich nicht stehen.

Kurze Pause.

DIE FRAU Hat er Sie nicht erkannt?

Kurze Pause.

DER JUNGE MANN Nein, er wollte mich bloß nicht sehen, mich nicht erkennen, er wollte nicht, dass ich eventuell auf ihn zukomme und ihn grüße!

Kurze Pause.

DIE FRAU Sie mögen sich nicht?

Kurze Pause.

DER JUNGE MANN Nein, er ist nicht blöd, schlaues Kerlchen, hat sich auch hochgearbeitet.

Kurze Pause.

DIE FRAU Aber irgendwie hat er wohl ein soziales Problem?

Kurze Pause.

DER JUNGE MANN Er sagt nicht Muh und nicht Mäh, spricht nur mit denen, die ihn weiterbringen.

Kurze Pause.

DIE FRAU Kein Vorbild?

Kurze Pause.

DER JUNGE MANN Ich kenne eigentlich keinen, bei dem ich sagen könnte, das wäre ein Vorbild oder bei dem könnte ich was lernen.

Erneutes Donnergrollen.

DIE FRAU Früher war es anders, auch das Wetter, ich habe an meinen Onkel gedacht, der tatsächlich eine starke Ausstrahlung gehabt hat, gerade das Gegenteil von mir.

Kurze Pause.

DER JUNGE MANN Jemanden, so wirklich in sich ruhend und zum Wohlfühlen, kenne ich eigentlich nicht.

Kurze Pause.

DER JUNGE MANN Oder doch, vielleicht unser oberster Chef, das ist einer, der strahlt eine Kraft aus, die beruhigend wirkt, wo manche sagen würden, ich weiß nicht mehr, was ich machen soll, eine Million Miese, wo er nur sagt, kriegen wir schon hin, der hat etwas Meditatives an sich, wenn der sagt, verdammte Scheiße, dann weißt du, es ist wirklich eine verdammte Scheiße, aber leider geht der jetzt weg, der sucht sich etwas Anderes, er ist immer unterwegs, dauernd auf Reisen und sein Vorgesetzter kann es nicht so mit ihm, wegen dem geht er, weil er sagt sich, ich hab keinen Bock mehr, und er will sich auch nicht bei den Mitarbeitern ständig rechtfertigen müssen.

Eine Bedienung erscheint am Tisch.

Starkes Donnergrollen.

DIE FRAU *blickt nach oben* Wollen wir noch
was?

Kurze Pause.

DER JUNGE MANN Nein, ich glaube
nicht.

Bedienung geht ins Lokal zurück.

DIE FRAU Wie immer?

Kurze Pause.

DER JUNGE MANN Ja.

Bedienung kommt mit einer Rechnung.

*Der junge Mann steht auf, greift in die
Tasche hinter dem Stuhl der Frau, holt
einen Geldschein hervor und reicht ihn der
Bedienung.*

Bedienung öffnet ihre Geldbörse.

DER JUNGE MANN Stimmt!

Der Himmel verfinstert sich.

Wind kommt auf.

DIE FRAU Fahren wir?

Der junge Mann stellt sich hinter den Stuhl der Frau und drückt auf einen Hebel, schiebt den Stuhl ruckartig zur Seite.

DIE FRAU Jetzt freue ich mich auf Maria Callas.

Der junge Mann greift nochmal in die Tasche, holt einen Kopfhörer hervor, stülpt ihn der Frau über den Kopf.

Im Hintergrund steht die Bedienung und beobachtet die beiden.

Langes Donnergrollen.

Der junge Mann schiebt die Frau in ihrem Stuhl durch den Biergarten.

Ein gewaltiges Krachen – und der Himmel öffnet sich.

Die Frau hält ihren Kopfhörer fest, fängt laut zu singen an:

AH, RENDETEMI LA SPEME, O LASCIATE,
LASCIATEMI MORIR –

Lautes Krachen.

Ein alles erhellender Blitz.

Vorhang.

- E N D E -

ADELHARD
WINZER
DIE SPRACHGRENZE
GESCHICHTEN. 2018. 184 SEITEN
BOD – BOOKS ON DEMAND,
NORDERSTEDT
ISBN 9783746087429

In mehr als hundert
ineinandergreifenden
Geschichten (die längste hat elf
Seiten, die kürzeste vier Zeilen)
wird anhand der Parabel, der
Groteske, der Fabel und der Übertreibung
von Personen und Ereignissen berichtet,
denen allen gemeinsam die Thematik
„In der Fremde" zugrunde liegt. Skizzenhaft,
lakonisch, phantastisch überhöht,
bis an die Grenzen der Erzählbarkeit.

„Ihre Texte haben lange auf meinem Schreibtisch
gelegen und ich habe immer mal wieder
hineingeschaut. Der Titel ‚Sprachgrenze' ist total
richtig gewählt. Alle Texte machen vor etwas Halt –
eine Wand? Ein Absturz? Ein Paradies? Das
wirkliche Leben? (was immer das ist). Man
wartet auf einen Durchbruch, aber er kommt nicht.
Sehnsuchtstexte! Sehnsucht sehnt sich nach
Erlösung. Aber was könnte das sein?
Gott? Die Liebe? Die Tat?"
Ruth Rehmann in einem Brief an Adelhard Winzer

„Deine Geschichten sind klasse,
sie ziehen den Leser in den Bann,
sind erschreckend ehrlich und hart,
sprachlich fein gesponnen."
Thomas Felber, Buchhandlung Lentner, München

„Ich finde Ihr Werk rundherum gelungen."
Wolfgang Weinkauf

ADELHARD WINZER
ANDREAS. REPRINT. 2019. 80 SEITEN
BOD – BOOKS ON DEMAND,
NORDERSTEDT
ISBN 9783749436804

„Dieses Buch wendet sich Problemen zu, wie
Jugendliche sie in unserer Gegenwart haben können:
der Zweifel am sogenannten Fortschritt, mangelnde
Verbundenheit mit der Natur, Missverstehen der
Erwachsenen im Hinblick auf jugendliches
Verhalten. Das Buch wird gewiß einen Teil von
älteren Kindern und Jugendlichen in
weiterführenden Schulen gut ansprechen."
Prof. Doktor Anton Reinartz,
VJA Nordrheinwestfalen

„Ein wichtiges Buch, insbesondere für Erwachsene,
denn hier können sie etwas erfahren über die Kluft,
die sie zwischen sich und den Kindern aufgebaut
haben und die Unkindlichkeit unserer Welt."
Klaus Friedrich, München

„In dem schmalen Büchlein steht Bedeutsames."
Reichenhaller Tagblatt

„Begegnung mit einem außergewöhnlichen Jungen."
Stuttgarter Nachrichten

„In einem langen Brief schreibt sich Andreas
all das vom Herzen, was ihn freut, aber auch was ihn
bedrückt, was ihm an den Erwachsenen nicht gefällt,
die schuld daran sind, dass Landschaften
zu Betonwüsten werden, die sich immer
streiten müssen, die Kriege führen ..."
Katholischer Kirchenanzeiger

„Das Buch habe ich bekommen und gelesen.
Es gefiel mir. Talentierter Mann!"
Stephan Sulke

ADELHARD WINZER
KRETHI UND PLETHI / DAS KORKENSPIEL
ZWEI STÜCKE. 2019. 124 SEITEN
BOD – BOOKS ON DEMAND, NORDERSTEDT
ISBN 9783750414716. AUFFÜHRUNGSRECHTE:
CANTUS THEATERVERLAG, ESCHACH

KRETHI UND PLETHI. DRAMOLETT

Ein Stück, das die Sprache zum Mittelpunkt hat. Befangenheit und Vorurteile der Menschen. Keine zwingende Handlung. LAYLA (schwarzhaarig) und SABRINA (blond), einheitlich gekleidet, sitzen Rücken an Rücken auf einer Bank, reden über eine fremde Person, stehen auf, gehen im Kreis, deuten mit den Händen, vermeiden es, sich dabei anzuschauen. Ort des Geschehens: Ein Kirchenplatz. Bühnenlicht, das, während sie sprechen, allmählich schwächer wird und den Schatten des Kirchturms näher bringt.

DAS KORKENSPIEL. DRAMA

Alf und Bianca haben ihre Stadtwohnung aufgegeben und versuchen in einem abgelegenen Bauernhof auf dem Land sesshaft zu werden. Eines Tages bekommen sie Besuch von Gitte und Ernst, einem befreundeten Paar aus der Stadt. Sie machen es sich bei Kaffee, Kuchen und Wein im Garten bequem, erzählen von ihren Reisen nach Asien, Österreich, Italien, Mexiko und New York. Während Alf und Bianca sich gegenseitig die Beweggründe ihres Neuanfangs zu erklären versuchen, schwärmen Ernst und Gitte von der ländlichen Umgebung. Ein harmlos erscheinender Nachmittag auf dem Bauernhof, bei dem es am Abend zur Katastrophe kommt.

ADELHARD WINZER
DER PENSIONIST
GESCHICHTEN
2019. 156 SEITEN
BOD – BOOKS ON DEMAND,
NORDERSTEDT
ISBN 9783749455041

Lieber Gott, ich fühle mich heute so einsam. Ich will mit Dir sprechen. Wo bist Du? Gehörst Du der Kirche, wie alle behaupten? Nein, von Gut und Böse wird da geredet, nicht von Gott. Als Kind haben mich alle erschreckt mit ihrer Hölle. Immerzu muss man dort bleiben, haben sie gesagt, wenn man die Gebote nicht einhält – bis in alle Ewigkeit! Der Gedanke hat mich beinahe verrückt gemacht als Kind, weil ich es verstehen wollte und doch nicht verstand. O Gott, ich fühle mich heute so einsam. Ich weiß nicht wohin. Die andern tragen Dich vor sich her wie einen Schild, schmücken ihre Bücher mit Bibelzitaten, weil sie selber nichts sind. Mich beschuldigen sie, weil ich nicht in die Kirche gehe. Nein, sie beten die Hostie an, den Altar, das Kruzifix, nicht Dich. Hast Du nicht zu mir gesagt, schau hin, wo andere wegschauen? Sei genau, sieh, was richtig ist und was nicht! O Gott, wo bist Du, ich will mit Dir reden. Hörst Du mich nicht?

„Das Surreale und manchmal das Widersprüchliche ist in den Texten von Adelhard Winzer zu finden. Immer wieder fordert er mich heraus über die Inhalte seiner Geschichten nachzudenken."
Heinz Steinbacher

ADELHARD WINZER
ITALIENISCHE SKIZZEN
PROSA
2020. 136 SEITEN
BOD – BOOKS ON DEMAND,
NORDERSTEDT
ISBN 9783750403208

*Der Strand war menschenleer,
der Mond spiegelte sich im Meer.
Ich war hellwach, fing zu schreiben an.
Es war eine Nacht voller Einfälle,
Gedankensprünge. Ich wurde nicht müde.
Der Tag hatte noch nicht begonnen.*

„Adelhard Winzers Skizzen benötigen
nur wenige Sätze und Zeilen, um eine
besondere Atmosphäre einzufangen,
über ein Empfinden Auskunft zu geben,
ein Erlebnis zu schildern oder einer
früheren Kränkung nachzuspüren.
Die Reflexionen aus einem an Erfahrungen
überreichen Leben schwingen zwischen den
Themen Sprachlosigkeit und Geschwätzigkeit,
Einsamkeit und Geselligkeit, Zweifel und
Gewissheit. Zudem erweist sich Winzer
als genauer Beobachter menschlicher
Schwächen, der eigenen genauso wie
denen der anderen. Über allem weht ein
Hauch von Melancholie, vermischt
mit italienischer Leichtigkeit."
Isa Schikorsky

ADELHARD
WINZER
STOCKHOLM BLUES
KURZPROSA
2018. 92 SEITEN
BOD – BOOKS ON DEMAND,
NORDERSTEDT
ISBN 9783752839814

Seit ich denken kann, will ich nach Stockholm.
Kennen Sie Stockholm? Ich war noch nie dort.
Es ist schön, wo ich wohne, ich vermisse nichts.
Also, sagen meine Freunde, was willst du
in Stockholm? Ich weiß nicht. Nachts erwache
ich aus meinem Traum, drehe mich auf
die andere Seite und denke, morgen gehe ich
nach Stockholm. Stets kommt etwas
dazwischen. Ich gehe zur Arbeit, ärgere mich,
gehe wieder nach Hause – schon ist der Tag
vorbei. Wie schön wäre es jetzt in Stockholm,
denke ich, warum bist du nicht nach Stockholm
gegangen! Ich war in Trinidad, ich war in
New York, aber was ist das im Vergleich
zu meinem Traum. Meine Freunde sagen,
geh in dich, vergiss dieses Stockholm,
es bringt dich noch um! Aber in Gedanken
bin ich in Stockholm. Ich weiß nicht warum.
Um was Neues beginnen zu können,
muss ich nach Stockholm. Kennen Sie
Stockholm? Waren Sie schon dort?
Heute wäre ein guter Tag,
um nach Stockholm zu gehen!

ADELHARD
WINZER
VENEDIG, VON HIER AUS
AUFZEICHNUNGEN
2019. 212 SEITEN
BOD – BOOKS ON DEMAND,
NORDERSTEDT
ISBN 9783749437481

Diese Arbeiten
folgen keinem
künstlerischen Konzept,
keiner Gesetzmäßigkeit, keiner
Logik im herkömmlichen Sinn.
Niedergeschrieben in einem Zug,
frei von ablenkenden Gedanken
oder Zugeständnissen an
eine literarische Form
enthält der Band
zweihundert Aufzeichnungen
aus dem Unterbewusstsein.
Allein das Aufhören
am Ende der jeweiligen
Notizbuchseite,
um erneut beginnen
zu können, galt als
Einschränkung beim
Schreiben dieser Texte.

ADELHARD WINZER
DIE KÜRZESTE
LIEBESGESCHICHTE DER WELT
GEDICHTE. 2020. 124 SEITEN
BOD – BOOKS ON DEMAND,
NORDERSTEDT
ISBN 9783750437289

Zuerst wollte nur er
aber sie nicht dann
wollte sie aber er nicht
worauf auch sie
nicht mehr wollte

„Die kürzeste
Liebesgeschichte
der Welt" erzählt von
knappen Augenblicken
des Liebesglücks, vor
allem aber von verpassten
Gelegenheiten, Missver-
ständnissen, Kränkungen
und Vorurteilen, die das
scheue Gefühl schnell wieder
vertreiben. Die Liebe – ersehnt,
erträumt, erhofft – und doch
zu flüchtig, um sie für
immer festzuhalten.

ADELHARD WINZER
LÜGENGESCHICHTEN
2018. 132 SEITEN
BOD – BOOKS ON DEMAND,
NORDERSTEDT
ISBN 9783752862102

Der Mond hat sieben Türen, sprach das Kind.
Ich lebe nicht hinter dem Mond, erwiderte
der Mann. Du hast keine Ahnung, meinte
das Kind, wenn der erst mal seine Hintertür
aufmacht, beginnen die Menschen zu wackeln.
Von wegen wackeln, sagte der Mann. Ja,
wenn der Mond wirklich wollte, könnte
er die ganze Welt überschwemmen,
aber er hat Mitleid mit uns, vor allem
mit den alten Leuten. Ich bin nicht alt,
entgegnete der Mann. Für ganz Alte, sagte
das Kind, macht er die Vordertür auf,
dort können sie hineingehen! Und das
Kind verschwand wie es gekommen war.
Blödsinn, dachte der alte Mann, drehte sich
auf die andere Seite, und konnte doch nicht
einschlafen. Seine Gedanken begannen
um den Mond zu kreisen, um die Erde,
um alte Leute. Schließlich träumte er,
durch eine große weite Tür zu gehen.
Alle Menschen machten ihm Platz,
verbeugten sich und riefen:
Wo warst du denn die ganze Zeit!

ADELHARD WINZER
GRUNDSÄTZE
ÜBER DIE KUNST
2018. 72 SEITEN
BOD – BOOKS ON DEMAND,
NORDERSTEDT
ISBN 9783748102038

Schon als Kind versuchen sie
dich wegzubringen von dir selbst:
Die Wissenschaft, die Mode,
das Fernsehen, Religionen,
Parteien und Politiker. Alle sagen
sie: Glaub an mich! Glaub an mich!
Wer hat dir jemals gesagt:
Glaub an dich selbst!?

Der Sommer, das Fahrrad, Blätter im Sand,
der Wald und die Nacht und die Stimmen,
das Lachen, der Himmel, die Kräuter
und Beeren, Geschmack von Rauch
in der Luft, Pfennigstücke neben den
Eisenbahnschienen, die Wiesen, die
Äcker, die Farben, die Birken,
Getreidefelder im Wind, der
Hügel, der See, Nebel und Bläue,
Vater, Mutter, Winter im Land,
der Schal und der Schlitten,
Bruder, Schwester – gesehen
aus einem engen Raum.

ADELHARD
WINZER
DIE KUNST DES
DRACHENTÖTENS
CAPRICCIOS
2020. 148 SEITEN
BOD – BOOKS ON DEMAND,
NORDERSTEDT
ISBN 9783751937122

*Der große Moment, wenn
jemand zu lachen anfängt,
einen Schritt auf dich zugeht,
ohne finstere Absicht. Was für ein
Augenblick! Die Gedanken,
die hin und her gehen.
Zuversicht oder Aufrichtigkeit?
Vertrauen oder Misstrauen?
Was hat das eine mit dem
anderen zu tun, der
endlose Monolog?*

„Die Kunst des Drachentötens"
handelt von Stimmen in der Nacht,
von Phantasien und Traumsequenzen,
teilweise surreal anmutend, mystisch,
absurd. Assoziative, vielsinnige
Gedankenketten, die in eigenwilligem
Rhythmus auf hintergründige, kaum
greifbare Weise die Ungewissheiten,
Unwägbarkeiten und Fragen
umkreisen, vor die das Leben
uns täglich stellt.

ADELHARD WINZER
LIEBLOSE ZEITEN
GEDICHTE. 2020
116 SEITEN. PAPERBACK
BOD – BOOKS ON DEMAND,
NORDERSTEDT
ISBN 9783750452015

*Nicht durch getreues Nachahmen
oder Beschönigen der Realität allein
durch Aufdecken und Hinterfragen
von Ungereimtheiten und Lügen
bekäme das Schreiben einen Sinn*

*Dein Wesen ist wie der Schatten
nein das stimmt nicht dein
Wesen ist nicht vollkommen
nur dein Schatten also
halte dich an den Schatten*

Wie lebt und liebt man in unseren
unsicheren Zeiten, in denen nichts
mehr gewiss ist? Wie wird man
gelassen und weise? Wie geht man
mit Ängsten und Sehnsüchten
um? Adelhard Winzer misstraut
einfachen Antworten. Seine
eigensinnigen Gedichte fordern
zum achtsamen Lesen, zum Mit-
und Nachdenken auf und lassen
dabei eine völlig neue Sichtweise
auf allzu Gewohntes und
Vertrautes entstehen.

ADELHARD WINZER
LIEBES, BÖSES KIND. DRAMA
2020. 88 SEITEN. PAPERBACK
BOD – BOOKS ON DEMAND,
NORDERSTEDT
ISBN 9783751976794

*Als Kind hatte ich so viel Liebe in mir,
mich gefreut über das Schöne im Leben.
Aber meine Liebe wollten die Leute
nicht. Man muss seine ganze Liebe
geben, haben sie gesagt. Aber das
stimmt nicht, man muss alles
verheimlichen, verstecken, wie
im Krieg. Wenn du zu viel Liebe
gibst, nehmen dich die Leute
nicht ernst. Liebe ist ein
Fremdwort. Liebe schreibt
man ganz anders!*

Ein Soldat kommt von einem Einsatz
zurück, der ihn die beste Zeit des Lebens
gekostet hat. Er besucht das Oktoberfest.
Trifft sein zweites Ich. Begegnet unerwartet
einem Freund, der ihm ein Geschäft
vorschlägt. Findet sich in einem
Separee wieder. Besucht seine
Schwester. Kehrt endgültig
nach Hause zurück.

ADELHARD
WINZER
MARATONGA
EIN TRAUMSPIEL
PAPERBACK
2020. 104 SEITEN
BOD – BOOKS ON DEMAND,
NORDERSTEDT
ISBN 9783751993920

*Denn nichts ist für die Ewigkeit
Alles andere nur Träumerei*

Ein Mann und eine Frau treffen
sich nach jahrzehntelanger
Trennung wieder, sie erzählen
davon, wie und wo sie ihre
Zeit ohneeinander verbracht
haben, was sie gesehen, erlebt
und empfunden haben dabei. Sie
vertrauen sich Geheimnisse an,
gehen gemeinsam zum Essen,
betrachten alte Fotoalben, erzählen
von den unwiederbringlichen
Zeiten, aber auch vom Heute,
das ihnen leer und zukunftslos
erscheint. Ein Traumspiel
von Liebe, Freundschaft,
Sehnsucht und Tod.

ADELHARD WINZER
STRANDGUT. MINIATUREN
2021. 216 SEITEN
BoD – BOOKS ON DEMAND,
NORDERSTEDT
ISBN 9783750442276

*Der Wind trägt dich hinaus
aufs Meer. Möwen erzählen
dir was von gestern. Die Sonne
nur noch ein Funke. Auch deine
Bewegungen werden langsamer.
Ein Segelflieger landet auf dem
Wasser. Ein Tag im August, der nie
wieder kommt. Die Häuser weit weg.
Du schwimmst um dein Leben.
Am Strand winken dir Leute
zu. Du weißt nicht warum.
Kein rettender Gedanke.*

Im Sommer 2010 begann ich in
Italien Aufzeichnungen zu machen,
schnell und ohne das Geschriebene
noch einmal zu lesen. Sechs Jahre
später habe ich auf die gleiche Weise
ein Notizbuch geführt, beide Fassungen
überarbeitet, neu zusammengestellt und
zur Veröffentlichung freigegeben. Spontane
Prosastücke, Miniaturen, unvollendete
Geschichten über Freundschaft und Liebe,
und die Vergänglichkeit des Lebens.

ADELHARD
WINZER
HEIMKEHR
ERZÄHLUNG
2021. 88 SEITEN
BOD – BOOKS ON DEMAND,
NORDERSTEDT
ISBN 9783753408361

Die Tochter besucht ihren Vater,
den sie seit ihrer Kindheit nicht mehr
gesehen hat. Sie redet mit ihm, als wäre
er nur ein Bekannter, bestenfalls ein Freund,
nicht ihr leiblicher Vater, der sie und ihre
Mutter von heute auf morgen verlassen
hat. Der Vater, ein mehr oder weniger
erfolgreicher Künstler, gibt seine
Beweggründe nicht preis, spricht nicht
darüber, auch nicht mit der Tochter.
Keine gegenseitigen Vorwürfe, kein
Streit, kein offener Schlagabtausch.
Über alles Mögliche wird gesprochen,
bloß nicht über die Trennung. Dennoch
spiegeln sich in ihrer Mimik und Gestik
Unsicherheit und Bedrängnis wider. Im
Laufe des Nachmittags, den sie im Büro des
Vaters, am Chiemsee und auf der Terrasse
eines Restaurants verbringen, entwickeln sie
nach und nach freundschaftliche Gefühle
füreinander, sodass sich die Spannungen
am Ende ins Positive wenden.

ADELHARD WINZER
ÜBER DIE SPRACHE HINAUS
BIOGRAPHISCHES. 2021. 84 SEITEN
BOD – BOOKS ON DEMAND,
NORDERSTEDT
ISBN 9783753460789

LA PALOMA. Kindheit. Schlager. Kunst
Empfindung. SCHWEIZ. Literatur. Schreiben
DONAUMOOS. Planung. Lehrbücher. SOB
Bühne. ANDREAS. In der Schwebe. MUNDART
Verständigung. GRAN CANARIA. Spätentwickler
DJ. Zufriedenheit. Radio. BANKKAUFMANN
AKKORDEON. Gitarre. Berufsmusiker. Probleme
JACK KEROUAC. Selbstfindung. Gegenwart
Optimist. Zeichnen. GITARRE! Geschichten
MAX FRISCH. Groß und Klein. Geburtsort
Was ist wichtig? Liebe. VETTER SEPP
Schwächen. Großeltern. Schneckmo
Schule. PAUL KLEE. Vater. ALLEIN
Mutter. Anneliese. Bauernhof
Interessen. Häxelmaschine. Unfall
Lesen. MÜNCHEN. Knecht. Trauer
Reue. Familie. Passion. Zuhause

„Adelhard Winzer hat viele Rollen
eingenommen in seinem Leben, viele
Entscheidungen getroffen, aber auch
einiges bereut. In diesen Lebensnotizen
beschreibt er, wie Heimat duftet,
wie sich Angst und Zerrissenheit
anfühlen, wie der Ruhm schmeckt –
und wie er zum Schreiben kam.
Eine lesenswerte Lebensreise."
Dr. Maria Karafiat

ADELHARD
WINZER
ICH BIN OFFEN FÜR ALLES
GESCHICHTEN
2021. 160 SEITEN
BOD – BOOKS ON DEMAND,
NORDERSTEDT
ISBN 9783754311431

*In dieser Welt, in der es bald mehr
Autos geben wird als Kinder, möchte ich
kein Kind mehr sein. Das ist es ja,
was sie dir austreiben wollen:
die Unbekümmertheit, damit sie
nicht ausufert, keinen eigenen
Klang bekommt.*

„Ist unsere Welt vielleicht doch nicht
die beste, sondern die schlechteste
von allen? Widersprüchlich, ungerecht,
voll Lüge und Heuchelei, bewohnt
von Ehrgeizlingen, Wichtigtuern
und Besserwissern? So zumindest
empfinden es der manchmal
kindliche und manchmal erwachsene
Erzähler dieser knappen Geschichten,
Beobachtungen und Reflexionen.
Auch die Liebe hat es schwer in
dieser gnadenlosen Gesellschaft
der Gegenwart. Adelhard Winzers
Miniaturen sind so klar und
deutlich formuliert, dass einem
beim Lesen das Lachen im
Hals stecken bleibt."
Isa Schikorsky